绘话

用水墨段子与世界谈谈

江苏人民出版社

图书在版编目（CIP）数据

浮石绘·话：用水墨段子与世界谈谈 / 浮石著. --
南京：江苏人民出版社，2014.5
ISBN 978-7-214-12235-3

Ⅰ.①浮… Ⅱ.①浮… Ⅲ.①杂文集—中国—当代
Ⅳ.① I267.1

中国版本图书馆 CIP 数据核字（2014）第 080007 号

书　　名	浮石绘·话
著　　者	浮　石
责任编辑	刘晓燕
装帧设计	书舟设计
出版发行	凤凰出版社传媒股份有限公司 江苏人民出版社
出版社地址	南京市湖南路 1 号 A 楼，邮编：210009
出版社网址	http: // www.jspph.com http: // jspph.taobao.com
经　　销	凤凰出版社传媒股份有限公司
印　　刷	北京天宇万达印刷有限公司
开　　本	710 毫米 × 1000 毫米　1 / 16
印　　张	20
字　　数	160 千字
图　　数	58 幅
版　　次	2014 年 5 月第 1 版　2014 年 5 月第 1 次印刷
标准书号	ISBN 978-7-214-12235-3
定　　价	39.80 元

（江苏人民出版社图书凡印装错误可向承印厂调换）

代序

用水墨段子跟世界谈谈

——湖南卫视《芒果画报》专访稿

段晓燕

作家浮石的微信签名这样写着："有人说我写出《青瓷》是偶然的。我很不服气，我将证明，我就一画画的。"如今，除了吃饭睡觉，剩下的所有时间，浮石都用来证明这句话了。

前去采访的那天，正值晚冬的长沙，寒气逼人。浮石的工作室才装修完不久，空旷的房子里还没有添置家具，最明显的物件就是那张用乒乓球桌改成的书桌，稍显凌乱，堆满了笔墨纸砚，开着两个电暖器，浮石正在桌前作画。进门的空当，他正画完一只鹦鹉，题写着文字："不错，我可以跟你学说人话，为了几粒米而逗你开心。但是，如果你没本事听懂鸟语，可别怪我在不开心的时候，用鸟语问候你的先人。"

画画是更畅快的表达方式

1978 年，刚恢复高考不久，本该备考的浮石却被学校里管宣传的老师叫去画画了，学校要在县城十字街头的新华书店的门楣上挂一幅雷锋学毛选的宣传画，老师负责画人头，浮石负责画手臂。一面墙那么大的画完成后，浮石拿到了化学小考2分的成绩。他果断放弃了理科，选择了文科，却依旧落榜。复读时浮石想考美院，而在那个艺考不被看好的年代，父母阻止了他的想法。那是一个梦想暂停的阶段。

与画的渊源却一直成为牵绊，他甚至希望自己当画家的愿望能在女儿身上实现。1992年，已下海到了海南海口的浮石，为女儿请了美术老师，“顺带”着开了一家画廊，进而进入到艺术品拍卖行业。“当时海南的艺术品拍卖正处在全国前沿，我们做了两三年，一度做得很好，非常好。什么意思？意思就是说一直把海南的艺术品拍卖做到死翘翘。后来的故事大家都知道了。我1998年回家乡湖南，在长沙，转而做司法拍卖。一度也做得很好，非常好。什么意思？意思就是说，一直做进了看守所。然后在看守所里写了《青瓷》。”提起那段令人唏嘘的往事，浮石显得风轻云淡。

“画画对我来说是一种宿命，如果不是画画，我可能会走上别的人生道路。”浮石补充道。

看守所的经历让浮石对继续从商充满忌惮乃至恐惧，而《青瓷》的畅销又让浮石对“卖文”有了充分的自信与底气。但事情总有另外一面，毋庸置疑，写小说和剧本是要考虑审查通过的问题的。特别是写剧本，为了不让投资人的钱打水漂，编剧会先进行一番自我阉割，画画仿佛成为一件更容易的事情。“一本书的出版，一个剧本的写作，往往需要一年左右的时间，而画画废掉了就一张纸。画画是更畅快的表达方式，更加接近于自由。”

浮石的画外有话，有时像讲禅，有时重口味。他说：“每个人都有自己的生存状态。可能看到的人会会心一笑，觉得好像就是这样的。这就具备了跟社会对话，跟人对话的意义。你说是传统知识分子的一种担当也好，对社会现象的有话可说也好，就是一种表达方式。”

更现实一点来说，在做了十几年生意的浮石眼里，画画更是一件比写作性价比高得多的事情。同时，又是换一种方式和世界对话。“以前我完全是用文字、小说的方式去和世界对话，现在我想能不能够通过画，一种很直观的、水墨艺术的方式跟世界对话。因为没有经过正式训练，在笔墨上和专业画家比较可能有差距，但我的强项在于对人性的探讨，对社会的一种感知，不是为了画画而画画，不是无病呻吟，而是有话可说。反正是说人话，与其花几十万字用一部小说去说，还不如用一种更直观的方式去说。”

光说不练是假把式，浮石给自己找了一个定位，一个追赶的目标——黄永玉。“朋友们觉得我的风格跟黄永玉很接近，他在美术界的地位很高，也有一些同行认为他有点剑走偏锋，不是用纯粹的笔墨说话，也加上了他对生活的古灵精怪的感悟，用如是一种幽默的题款和图文解说的方式。黄永玉今年 92 岁，比我大了 40 岁，如果我像他一样健康长寿的话，我还有 40 年可以画，那么我认为前景是非常光明的。”

最重要的是能不能直面人心

在浮石看来，一幅画用图文解说的方式可以很直接便捷地反映出对社会一些不正常、不平等现象的情绪表达，用幽默进行讽刺和鞭笞，这是文人的一个基本功能。正如一只鸡的故事一样：作为一只鸡，飞上天的方式有两种，一是直接做刀下鬼，早点投胎下辈子做鸟；一是主人家里有人得了道；前段时间还有另外一条捷径，就是因为长相好看而成为某某团的成员。“这是对不正之风的一种讽刺和幽默，也可能在读者心中找到一种共鸣。”

浮石说他写小说没有主题，就是吃饭睡觉：在什么地方吃饭睡觉，跟谁一起吃饭睡觉。画画亦如此。“没有一个限定的主题，更多的就是对人性阴暗面的挖掘和揭露，对社会不平等现象发出自己的一种声音。不管是文字还是画画，我都希望保持这样一种特色。最重要的是你写的东西画的东西能不能直面人心，直面社会，能不能打动人，被别人所喜欢。最浅层次的在你微信上点个赞，最高层次的拿真金白银来买你的画，这个是最大的鼓励和肯定。”

需要找灵感的时候才能有创作，浮石认为这是一个逃避的借口。很多人张口就来的话是不需要灵感的，碰到什么人会找到一种独特的语言的表达方式。“我不认为写作和画画需要灵感，靠灵感的说法给人的感觉是你做事情好像靠运气一样。你的个人修养学识，包括对社会的认识、人性的感悟到了一定程度以后，自然跟别人不一样。画画、写字还有音乐的门槛都很低，如果把专业的东西撇开，要找到一种表达自己情感和情绪的方式，其实就是很自然的方式，一点也不神秘，主要看的就是你要表达这个东西的欲望到底有多强烈，以及你平时积累的综合素养，这个是有高下之分的。”

“比如面对某种不公平现象，有个人很强烈地想表达，另一个觉得可说可不说，还有一个人选择不说。这三个人在表达愿望上有高下之分，表现出来的东西，一定是愿望强烈的人更有震撼力，因为他会找到一种他认为最佳的方式来表现。”

以写作为生的浮石笑称自己虽然用百分之百的时间在画画，却依然希望剧本可以卖一个好价格，因为这样可以让他不至于靠画画来吃饭。“我当然希望有人对我的画感兴趣，出很高的钱来买。但如果通过写小说写剧本能让我过得衣食无忧，过的日子比别人还要滋润，那么，我对画画的态度会相对纯粹很多，跟艺术就会更加接近一些，不会有那么强的功利性。”

目录

人际关系

为你是可交之人，本来不好办的事可能就好办了，你们完全可能因为喝一顿酒而成为无话不谈的朋友。陪领导喝酒更来不得半点含糊，酒肉穿肠过，前途就此开。在领导眼里，能够将自己往死里灌的人，那是有担当的人，如果酒量大得喝酒如喝水，到最后能把别人放倒而自己还保持清醒的头脑，那就是一种天大的本事和能耐，足以委以重任。概括起来说，酒筵上只有两种人，堆着笑脸向你敬酒的人和渴望被众人堆着笑脸敬酒而不得的人。总之，与其把喝酒当成一种任务、一种负担，不如把它当成一种爱好、一种快乐。是的，酒真不是什么好东西，可你仔细一想，还真没有比酒更好的东西。

撒谎还真是一个技术活，正应了那句话，你为了圆一个谎，将不得不不停地撒谎，可能得接着撒十个谎一百个谎，直到那事看起来就像是真的。问题是谎言的链条上环节越多越容易被识破，就像沙子越往上垒越容易垮塌一样。

做生意其实很简单，第一是找对人，第二，是看你要他办的事他能不能办，以及他办完之后能得到什么利益。如果你和他能在利益上形成共同体，就等于上了一条船。这样，你的事也就成了他的事，他办起事来就会积极主动。因为他为你办事的时候，等于是在为自己服务。

很多事情，谁要求迫切谁就会先妥协。什么意思？意思就是说，甲乙双方做生意貌似平等其实不平等，往往是甲方掌握主动权和话语权。对于乙方来说，做生意的技巧就是想办法把自己变成甲方，至少得与甲方平起平坐。什么技巧呢？这里面技巧多了，最基本的就是欲擒故纵，不能显得太急切。本来是互利互惠的事，你显得太急切了，别人会以为你在求他，跟你谈生意倒变成了对你的施舍，到最后你就不得不对他摇尾乞怜。

古人云，敬君子而远小人。什么意思？就是宁可得罪十个君子，也不要得罪一个小人。因为君子做事光明磊落，讲究公平竞争，一诺千金，即使与你为敌，也不会耍阴谋诡计。小人就不同了，他们不择手段、强词夺理、背后使绊、纠缠不休、斩尽杀绝。

做生意的人最大的心理忌讳是什么？一是不懂得随机应变，情况发生了变化，却还在用老套路，不一条道上跑到黑才怪；二是意气用事地把生意的另一方当敌人。因为如果情绪大于理智、意气用事起来，就会容易迷失方向，结果必定是一损俱损，只能双输，而不可能一方赢一方输。

每个人从他出生开始便拥有了各种关系，然而，中国人在几千年文化浸润中所形成的人情关系则是温情的、润滑的、诡异的、神秘的、说不清道不明的，很难用几句话解释。在错综复杂的关系中，为什么有的人寸步难行，有的人却又能如鱼得水？这是因为，关系是死的，关系又是活的。

“树活一层皮，人活一张脸”，这是每个成年中国人都熟悉不过的一句话。面子对人来说既然如此重要，当然有必要通过各种方式替它添光加彩，而决不允许对其贬损毁誉。名声口碑是面子，权势地位也是面子，成功是面子，被别人肯定、褒奖也是面子。

·书乐谈· / 147

看书不会使人必然成为强人，但强人必然是看书比他人多的人，如果连看书都没有坚持下去的力量，很难设想他能把事业坚持下去。看书是补充精神食粮的一种方式，不看书，等于宣布自己不需要精神食粮，那就只能成为精神上的残疾。

·商量之道· / 163

中国企业家最大的毛病就是急功近利，总想在最短的时间内赚钱，而且不是赚小钱而是赚大钱。市场越残酷，留下来的越是精兵强将或千年老妖，他们确实也有能力想出办法在最短的时间内赚到钱，赚到大钱，在战术上不输给对手。但是，在一城一池上再怎么赢，如果缺乏一种战略眼光，企业也会短命，一个小环节上的差错，都有可能让它很快完蛋。

·个人奋斗· / 175

有的人，一想到人都是要死的，就忍不住要哭，他其实在透支他的悲伤，死亡虽然不可以逃避，但也犯不着提前被它压垮。有的人，一想到人都是要死的，就忍不住想笑，他其实在支取他的快乐，因为他庆幸此刻他还健康地活着。

两性关系

·婚里婚外· / 197

能在男女关系方面起监督作用的，主要还是家里的“纪委书记”。但家里的“纪委书记”管这事有点力不从心，因为那些久经考验的高手们，有的是瞒天过海的本事。还有，就是家里的“纪委书记”投鼠忌器，老公位高权重，不仅是单位的领导还是家里的顶梁柱，即使明知道他在外面彩旗飘飘，也只能两害相权取其轻，得过且过算了。因为如果放开了管这事，很可能把他搞得声名狼藉，把你自己搞得身心疲惫伤痕累累，除非你自己不想过了，否则谁都不会破釜沉舟。能够在心理上安慰“纪委书记”的是，别以为外面只是任你潇洒的花花世界，搞得不好桃花运会变成桃花劫，你要不想鸡飞蛋打、家破人亡，你就得自律。

一般情况下，男人挣的钱，大多都是被女人管着。女人会很心安理得地想，挣的钱不往家里拿往哪里拿？那本来就是照顾家用的呀，以为只要掌握了家中的经济大权，就能掌握住男人的命脉，没有钱，看你怎么出去鬼混。而男人也要为自己的权利智斗一番，动不动也会留点私房钱，不过最好藏得隐蔽一点，被抓到可就不好了。这个问题很烦人，钱多了出事，可要是没钱，会出更大的事，够郁闷的。女人看钱看得紧不要紧，不过千万要注意个度，把握不好了，钱是留住了，可能男人的心也就越跑越远了。

男人和女人互相看着时，那种对视是猎手与猎物的对视，没有回避。好像谁最先移开目光，就是示弱，就会立即落荒而逃，成为对方的牺牲。谁是猎手，谁是猎物？一般来讲，猎手还是由男人来充当比较好一点。如果最后变成了狐狸打猎人，那只能说明猎人太差劲而狐狸太狡猾。这一切，都取决于双方力量的对比。

何谓男女有别？比如说男人女人都撒谎。女人说讨厌你、对你吹毛求疵，可能是爱你的表示。男人说爱你、给你送花送钻戒、说愿意为你而死，可能是在说假话鬼话，目的可能不过是为了骗你上床。看女人对你是否真心，要看她的眼睛里是否总是有如水柔情，看男人对你是否真心，要看他下床之后是否还对你呵护备至。

即使最坏的男人也有女人去爱，因为女人总是比男人更相信爱情的力量，总是自以为是地认为可以改变自己爱的男人。她甚至可以把改造与拯救某个男人当成自己的事业，她们在从事这项事业的时候，还很容易把自己当成侠客。女人一旦爱上，真是又傻又固执。其实，她们爱的往往不是男人而是自己对男人的那份感情，这就是女人一旦爱上总是不肯认输、不肯轻易放手的根本原因。

男人真是一种奇怪和脆弱的动物，他们太要面子，苦撑死撑也要把自己弄得风风光光，但骨子里到底是一条龙还是一条虫，只要一上床便无法掩饰。换一种说法，男人的性能力跟他的自我满意程度成正比，他要是心事重重，你就不能指望他会有良好的临床表现。偏偏这种时候男人的自尊心最强，如果你流露出一丝一毫的失望，你可能就会伤到他的心坎和骨髓，没准儿他会记恨你一辈子。

在感情问题上，谁先动心谁输，谁用情深谁输得更惨。但是，也只有输得起的人，才可能赢。一个男人，只有经历一场轰轰烈烈的失败恋爱，才会真正成熟起来，并因此具有某种程度的免疫力，才真正知道他要的到底是什么样的女人。她不可代替，他也可以为了她而收心，专心致志地只爱她而抵御其他所有的女人。

人际关系

不開心的人常常是因為兩
件事情沒弄明白
一是自己的運氣為什麼
總是那么糟糕
二是別人為什么
總是過得那么好
那么滋潤
甲午年孟春
繪話堂主人浮石

· 送礼送的是舒心 ·

送礼送得好会有一个奇妙的功效，就是可以瞬间拉近彼此的距离，因为礼物一旦被对方收下，表明了他对你的认可，有什么事，他会主动让你说。相反，如果他不收你的礼物，表明他跟你还不熟，不愿意帮你的忙，或者已经猜到了你要求他的是什么事，而这件事他办不了，不收你的礼物是免得收了手短，在人情上欠了你的。

《论语》曰：礼之用，和为贵。问题是鱼儿不吃虫，鸟儿不吃鱼，奈何。

投其所好是美德

张仲平和唐雯一直在讨论该给赵老师送什么东西。唐雯说："不知道赵老师抽不抽烟，要不然送两条好烟？"张仲平说："烟呀酒呀就算了，有点俗。送的东西还是要有点意义，比如说皮带、领带或者钱包什么的。"但张仲平很快又自我否定了，因为这些东西太私人化了，好像是情人之间送的东西。唐雯说："有人给你送过这些东西没有？"张仲平说："没有。我哪有情人？好啦，算我用词不当，情人改成爱人，可以了吧？外人不宜送这些东西，因为你不知道对方的品位。"唐雯说："要不别费那个脑筋了，反正礼多人不怪，只要送的东西够几百上千的就行了。"张仲平说："那可不行。给别人送礼，特别要考虑的就是别人的喜欢和需要。要是不喜欢，钱等于白花了。如果你送的东西，正好是他想买又舍不得自己花钱买的就最好了。收礼的人那份心情真正是花钱买不到的，你再求他办事就容易了。所以送礼就是送心情。否则，你到商场随便抱一大堆东西往人家家里去，钱花了，别人不一定领你的情。"

唐雯说："可惜我们对赵老师也不怎么了解。要不然，干脆给他打个红包？他喜欢什么需要什么，让他自己去买。"张仲平连忙摇头说："不妥不妥，又不是逢年过节，学生家长平白无故地给老师打什么红包？赵老师是知识分子，知识分子最敏感了，这样做会让他觉得受了污辱，人家毕竟是教书育人的先生。再说了，我们现在还不知道赵老师的真实想法，他万一为了图表现，将红包往校长那儿一交，我们和小雨岂不是要被他搞得无地自容？那会儿一点退路也没有，你说呢？"唐雯说："送个礼不会这么复杂吧？"张仲平说："你一直在学校待着，跟社会上的人打交道不是很多，你是不知道，送礼的事学问可大了。其实像你搞经济学的，可以跟社会学交叉，说不定真

不以物喜不以己悲
这是范仲淹
倡导的境界
在我心目中
弥勒佛就
应该干净
明快充满
喜感
我们在
人世间
遭遇的
各種苦厄
常常是因為
过于执着应该
懂得并善于放下
平安快樂过好每一天
甲午三月浮石写并记之

● 不以物喜，不以己悲，这是范仲淹倡导的境界。在我心目中，弥勒佛就应该干净明快，充满喜感。我们在人世间遭遇的各种苦厄，常常是因为过于执着，应该懂得并善于放下，平安快乐过好每一天。

能出成果。除了前面讲的，还可以举些例子，比如说，花同样多的钱，送的礼不一样，效果完全不一样。在一个不太昂贵的礼物类别里挑选顶尖价格的礼物，和在比较昂贵的礼物类别里挑选比较便宜的，对于接受礼物的人来说，心理感受是不一样的，这里面是不是有学问？学问大了。”唐雯说：“你做生意整天就琢磨这个？真是难为你了。”

最后商量的结果，是给赵老师送一个 MP3。赵老师年轻，应该会喜欢时尚的电子产品。MP3 是现在的年轻人中间除了手机以外最时尚的玩意儿，还不像数码相机那样正规。张仲平亲自跑到电脑城挑了一款韩国产品，年轻人哈日、哈韩的挺多，有些人就对电子产品迷恋上瘾。那款 MP3 很小巧，在款式上偏向中性。张仲平是这样想的，如果赵老师喜欢，可以自用，如果不喜欢也没有关系，还可以转送给别人。小雨不是说他正在追求被她们气走的那个外语老师吗？正好送给她。上次开家长会张仲平见过她，很洋气，应该是一个很活泼很开朗的女孩子，在穿着打扮上属于吊起挂起、叮叮当当的嘻哈族。如果赵老师将 MP3 送给她，她应该会喜欢。

（《青瓷》）

段子

古今中外的交际来往，都离不开送礼这个内容。人情往来的手信，并不是非贵重的礼品礼物不可，往往突出当地的传统人文价值，讲究携带方便、轻巧，具有当地特色，又能讨得亲人朋友的欢心。手信不在于贵，而在于心，一份情意，一份真诚，一份心意，代表对亲人朋友的祝福，表达对亲人朋友的关心。(《中国式关系》)

给别人送礼，特别要考虑的就是别人的喜欢和需要。要是不喜欢，钱等于白花了。如果你送的东西正好是他想买又舍不得自己花钱买的，就最好了。收礼人的那份心情是花钱买不到的，你再求他办事就容易了，所以送礼就是送心情。否则，你到商场随便抱一大堆东西往人家家里去，钱花了，别人还不一定领你的情。(《青瓷》)

挑选礼物必须讲究三个基本原则：第一，质材必须是有价的，可以让对方很容易换算成人民币，也就是让对方知道值多少钱；第二，礼物必须是有个性的，最好不要送那种大路货，因为只要肯花钱随便就能买到的东西，显示不出送礼者的用心，自然也就不会被对方重视，钱就会花得很冤枉；第三，礼物必须跟收礼者发生互动关系，也就是必须投其所好，让人一看就高兴，爱不忍释。(《皂香·上》)

送礼的第一原则是必须绝对安全，其次一定要投其所好。而要把送礼变成一种感情投资，就必须对对方的兴趣爱好有充分的了解。要是对方不喜欢，钱不仅白花了，他还看不起你。如果你送的东西正好是他日有所思夜有所想的东西，那就最好了。他很有可能把你当成知己，进而愿意与你交流，你们就可以加深了解，你再求他办事就容易了。所以送礼的最高境界就是换位思考，送给对方愉悦的心情。(《中国式关系》)

社会发展到现代，在市场经济的条件下，中国的传统礼仪与市场潜规则相结合，产生了异化，礼品似乎成为人际交往的通行证，且越来越具有商品的属性与功能。送礼不仅是一种人情投资，更异化为一种人情投机。(《中国式关系》)

礼送给谁不是说不知道送礼的对象，而是指要琢磨透这个对象，必须弄清楚他的年龄、属相、血型、性格类型、爱好、需要以及忌讳，礼品的价值不在价格而在于用心，不求最贵，但求最合适。(《中国式关系》)

私人礼品注重的是情谊、情感表达，是人际交往的载体，所以最好是在私底下进行，这就要求礼品体积不能太大太笨重，否则，送时兴师动众，弄得四邻皆知，收礼者心里会有顾忌。(《中国式关系》)

送礼的时机和方式也很重要，需要注意以下几点，其一，送礼要有理。也就是说，必须事先设计好一套说辞，要让对方觉得不仅受之无愧、理所当然，还要让他如沐春风。其二，是授受过程的私密性，天知地知，你知我知。(《中国式关系》)

派“红包”是中国新年的一种习俗，中国人喜爱红色，因为红色象征活力、喜庆、吉祥与好运。派发红包给未成年的晚辈，是表示把祝愿和好运带给他们。红包里的钱，只是要让孩子们开心，其主要意义是在红纸，因为它象征好运。单位里的头头儿给下属发年终奖金，公司老板给职员派“红包”，则有论功行赏、感谢和笼络之意，一年下来大家辛苦了，发点钞票以示安慰，也希望来年更加努力，更上层楼。(《中国式关系》)

·要人算也要天算·

人一辈子要出多少状况呢？出状况解决状况，再出状况再解决状况，循环往复以至无穷，构成了整个人生。当然，有些状况是可以也很容易找到解决的办法和途径的，就看花多少钱以及怎么个花法，只要钱花对了地方，也就没有过不去的坎儿。当然，有些状况也可能很致命，或者说解决起来相当耗时费劲。

事〻大吉
甲午新春
浮石

宁可信其有

星期天上午，洪均邀于乐一起到青山寺后面的稻香村去算过一次命。

这段时间以来，他表面上水波不兴，内心里却忍不住老想竞争上岗的事，弄得自己一半是火焰一半是海水，有时信心满满，有时又空落落的，心里发飘发虚，便决定去找杨大仙问问前程。

那是一个不通柏油公路的小山村，洪均没想到会在一座废弃的道观前坪里见到那么多高档车。有几辆还挂着政府的O号牌、武警的WJ牌，还有军牌。于乐倒是很能理解，他说，如今做官也跟做生意一样，不可预知的因素。自己不能控制的因素太多了。自己信不了，别人信不过，就只能信命。

杨大仙是一个满口方言又有点吐词不清的老太太，乍眼一看，跟农村里的其他老太太没有什么区别，没想到他们刚报出生辰八字，老太太便把他们的人生经历说了个八九不离十。他对算命这件事的态度倒是比较洒脱，你迷信，你就得被大仙神婆牵着鼻子走，整日里还得诚惶诚恐。你要是不信，你就得自己掌握自己的命运，鬼神反而奈何不了你。人生一世，草木一秋，要死卵朝天，活就活他个风流快活。

洪均对这些玩意儿却不敢不信，花了一大把钞票才从老太太那里求来化解之术。那是用一块蓝色家织布缝成的一个小包，里面是一枚铜钱、一张符和几粒米。老太太叮嘱他带回家一定要缝在自己每天睡觉的枕头角上，到两年以后过生日的那天夜里再拿出来烧掉，铜钱则必须扔掉，扔得越远越好。老太太对洪均千叮咛万嘱咐，做这事时必须瞒着老婆，否则可能不灵。

洪均一回家就照着杨大仙的吩咐做了，他做这些时瞒着虞可人，样子很是诡谲。从此以后他更是养成了一个习惯，就是睡觉之前总要先摸摸那枚铜钱，看它在不在，否则心里老是不踏实。他还特别关心拆洗枕头的事，生怕

達摩又称菩提达摩南天竺人自称佛传禅宗第二十八祖
为中國禅宗的始祖他于南朝梁武帝時期來到广州被梁武帝
接到南京传法但是当時南朝的佛教重視讲义理与達摩的
禅宗重坐禅提倡見性成佛不立文字的理論不合與谈不契达摩
則一葦渡江到達北魏开始在洛阳一带传教后来入嵩山少林寺
面壁九年传衣钵于慧可后出禹门游化终身甲午新春浮石寫并记之

达摩又称菩提达摩，南天竺人，自称佛传禅宗第二十八祖，为中国禅宗的始祖。他于南朝梁武帝时期来到广州，被梁武帝接到南京传法，但是当时南朝的佛教重视讲义理，与达摩的禅宗重坐禅提倡见性成佛不立文字的理论不合。面谈不契，达摩则一苇渡江，到达北魏，开始在洛阳一带传教。后来入嵩山少林寺，面壁九年，传衣钵于慧可。后出禹门游化终身。

虞可人抢在他前面做了，因此总是不到十天半月就亲自撤换枕头套，再把那个小包缝将进去。

于乐对此很不以为然，却也不便对他说什么。

洪均自己也想不到怎么会这样，想当年，要说意气风发、潇洒快乐，他可比于乐强多了，哪里会像现在这样谨小慎微、患得患失？唉，要怪就怪当初真不该进政府机关。

是的，大学时代的洪均可是一个风云人物，是一个很有影响力的文艺青年，他曾以诗名闻名全校。除此之外，他的吉他弹得也好，还导演和主演过话剧。他其实是一个很有个性，甚至有点放荡不羁的人，能做到今天这个样子，完全是适者生存的结果。这也充分说明了两点：第一，他的适应能力真的非同一般；第二，官场真的具有塑造人和改造人的强大功能。

（《皂香·上》）

段子

测字这种事情不能不认真，为什么呢？因为求解的人写一个什么字，看起来很随意，其实不然。中国的汉字有几千个，他为什么选这一个不选另外一个？肯定在他的日常生活中，经常用这个字，或者出现了那种意向，跟人做梦差不多，简而言之，就是冥冥之中自有安排，而神秘的力量是最值得尊重的。也不能太认真，为什么呢？这就跟测字先生的水平有关了。每个字都暗藏玄机，问题是这种与求解者发生隐秘玄机的信息能否被清楚地破译和诠释，也就是说，神仙是不会错的，就看给神仙传口信的人能不能领会他的精神。(《青瓷》)

人有命运吗？人的命运是先天注定的并能预知的吗？其实，鬼神的力量与其说是一种超自然的现象，还不如说是人的一种心理需求与慰藉。所以，古寺大庙才会成为芸芸众生寄托梦想、寻求庇护的福地。最底层的老百姓是这样，达官显贵、政要巨贾更是这样，因为即使是后面一种人，生活中不可预知、不可控制的因素也是很多的。他们是真正的大鱼，而鱼越大，目标也就越大，盯着他们的眼睛也就越多，谁也不知道已经有多少渔网、渔钩、现代捕鱼器在等待着他们。(《青瓷》)

我们每个人都不得不在社会中生活。按照拟鱼化的说法，每个人都是一条鱼，既然我们逃脱不了成为鱼的命运，我们当然希望能够成为一条大鱼。小鱼有小鱼的快乐，大鱼有大鱼的风险，但是，毕竟大鱼的生存空间和发展机遇要大得多。海纳百川，鱼游大海。在我们的比喻中，大海是没有工业污染的童话世界，是梦幻的乐园，总是令鱼心向往之，不管有多少暗道机关，

鱼总是要向大海游去的，这就是我们的宿命。(《青瓷》)

希望是什么？希望就是人生的意义。人生本来是没有意义的，因为我们每个人有了希望才赋予了它意义。最大的希望是人生的大目标，就像公交车的终点站。小的希望是人生阶段性的目标，就像公交车的一个一个小站。没有大的希望，人不知道何去何从；没有小的希望，人不知道该在什么时候、什么地方上车下车。但是，所有的希望都能实现吗？那不可能。人的一生中如果有一万个小的希望，那么百分之九十的人只能够实现其中的一千个，还有九千个会落空，这就是芸芸众生。但即使最伟大的英雄、最成功的人士，也不能实现全部的希望，因为生活不是为哪一个人准备的生日蛋糕，生活中每时每刻都存在着跟你的目标不一致的力量。这股力量看不见摸不着，有时候明目张胆地跟你对着干，有时候又以跟你最亲密无间的方式出现，可是却有可能在最关键的时刻帮你的倒忙。你的两只手是你的吧，你能够随意控制它们吗？大多数情况下是可以的，但如果你中风了，偏瘫了，它就不听你的指挥了。就是在你能控制自己双手的情况下，它的能力也是有限的。(《青瓷》)

因为一篇文章改变一个人的命运，这样的例子可以举出很多。但是，领导爱才，爱的不是你文章中的辞藻和小聪明，而是字里行间流露出的那种高屋建瓴的眼光和真知灼见，既不是图解政策的官样文章，也不是哗众取宠的揭秘报道。(《红袖》)

竞争上岗也讲天时地利人和，具体来说就是各种力量博弈的结果。问题是有些力量看得见，有些力量看不见，它们你进我退此消彼长，算是算不到的，只能谋事在人成事在天。(《皂香·上》)

人生最大的悲哀就是想吃鱼吃肉的时候没有钱，等到有了钱可以随便吃鱼吃肉的时候，牙齿和胃口都坏掉了。(《皂香·上》)

不要过得太累了，也不要过得太虚伪了，生命是短暂的，我们有责任使

它丰盈饱满。(《皂香・上》)

很多事情往往开始很美好，时间一长，才慢慢变味。如果能趁着还没有变味便终止，只会留下一些美好的回味，那样岂不是更好吗？何必贪心地把事情做得那么满呢？（《皂香・上》）

是麻烦就必须解决，麻烦不及时解决就会越弄越大，就会由一个单纯的麻烦派生出许多别的麻烦，那个时候再想办法可能就迟了。(《皂香・上》)

既然人是有命的，如果命中注定该有一劫，想躲是躲不过的。任何事情都有两面性，灾难也有两面性，没准儿坏事就变好事了。(《皂香・上》)

人往往是这样，你越是努力想忘了谁，那个人还老跟你拧着干，好像在你脑子里扎下了根似的挥之不去。这就像一个失眠的人，越是想睡着越是睡不着。(《皂香・上》)

人就是这么奇怪，明知道有些理想永远无法实现，却总是难以放弃；明知道有些问题永远没有答案，却还是要苦苦探求；明知道有些故事永远没有结局，却还在苦苦地追求着、等待着、幻想着。(《皂香・上》)

人们总以为遇到什么事情，自己和对方都能理智出牌，一切尽在掌握之中，其实可能还有另外一种情况，就是人们也常常会在冲动的情况下做决定。虽然在一股激情的支配下做了傻事之后可能也会后悔，但临门一脚像中国足球一样差强人意也是常有的事。这也就是人们常说的，冲动是魔鬼。(《皂香・下》)

很多事情你越想越容易钻死胡同，越觉得有多么了不起似的，等你真不想了，它顶多也就算个屁。人这一辈子，掐头去尾，好日子也就那么几年，亏待什么都可以，千万别亏待了自己。(《皂香・下》)

我努力做到不重复自己，在拍卖的富矿里努力挖掘有关社会与人性的话题，比如说社会转型时期的致富方式、晋升方式和两性交往方式。可以毫不夸张地说，这是我们每一个人必须面对、必须关心的问题。仔细想想就得承认，我们这个时代的同胞，真可谓拥有前所未有的思想、伦理、行为的自由度，机会与诱惑似乎无处不在，不仅遍地风流，而且无时无刻不充满了喧哗与躁动，每个人都急不可耐地做着精彩的表演，却也正因为如此，每个人也都有可能失去对事态的掌控，让行为结果与最初的动机大相径庭，令人唏嘘。(《中国式关系》)

当一个人还在为温饱问题犯愁的时候，当一个人还在为一套商品房而节衣缩食、殚精竭虑的时候，他对命运之神的态度，类似于对非富即贵的远房亲戚的态度，一方面有丝丝缕缕的勾连，一方面又觉得地位悬殊、遥不可及，又想走动，又感惶恐，难有勇气和能力寻求与她的亲近。但即便如此，他仍有隐秘的念想，总是寄希望于帮他改变命运的神仙能够不期而至，助他一夜暴富、一夜成名、一步登天……(《中国式关系》)

我们总是习惯将生活的困顿与窘迫，归因于命运的捉弄，而当我们春风得意、自以为能够呼风唤雨的时候，则总是习惯性地归功于自己。可是，最自恋自大的人，可能也是最自暴自弃的人，在夜深人静或高处不胜寒的时候，恐怕也会很自然地暗中乞求神灵的永远保佑。(《中国式关系》)

人们对正在经历和已经过去的事情，感受完全不一样。十年前的今天，我先被“住宾馆”，“抵赖”一周多之后，被请进省看守所。在里面的306天，每天度日如年，现在想来偶尔竟会有一丝怀恋。当时，我想过以后生活的各种可能，但压根没想到会是现在的样子。以此类推，我们能预测十年以后的生活吗？（微博）

外出，仍见车辆被锁。车主一定以为快过年了，交警会客气会手下留情，可人家偏偏不客气、手下不留情。这个故事告诉我们，我们很多的烦恼都是“以为”造成的，你想别人会怎样、希望别人会怎样，这是不太靠谱的一件事。别人有别人的思维方式、行为习惯，或者说也要过年，干吗指望别人围着你转？（微博）

所谓命运或缘分是一种奇妙的东西，就像两棵树上的树叶，它们品种不同，各自生长，似乎永远不会牵扯纠缠。在命运或缘分那里却并非如此，也许飘落以后会被风拢到一块儿，也许它们愿意在肮脏的尘世一起摸爬滚打，也许它们愿意一起腐烂，甚至不管在它们一起腐烂的地方是否会开出一朵花。（微博）

在很多人的潜意识中，总认为人们的言行举止都是正常的、理性的、符合逻辑的。实际上未必如此，甚至可能正好相反。因此，一些表面上看来天衣无缝的事情，最可能是经过了精心策划、认真编排与刻意伪造的；而那些乍看之下匪夷所思、漏洞百出、弱智低能的事情，最大的可能性却是千真万确的。（微博）

人类是一种模仿能力很强的动物，我们总是从别人怎么对待我们学习怎样去对待别人。比如说，一个经常被骗的人很可能会成为骗子；一个经常被别人当成病人的人，很可能真的会使用精神病人的方式对待他人。人不亏我，我不亏人；人若亏我，我必亏人，乃至害人，这是弱者的无奈之举。从社会学的角度，这叫追求公平正义；从动物学的角度，是为了混同于人类，不被同类淘汰。我不是悲观，人类爱与奉献的教育与培训也是如此。我们更容易爱上爱我们的人，至少更容易对他充满善意，我们当然也更容易与有自我牺牲的奉献精神的人友爱相处，我们还更容易在被夸奖中完善自己等等。（微博）

如果在空中安装一块玻璃，一定有飞鸟撞击而死，飞得越快撞得越惨。问题不在这里，问题在于干吗要在空中安装一块玻璃？人类无法解释自己的行为，鸟类更加无法解释，它的牺牲因此成为必然。（微博）

从前灭四害打鸟，现在防禽流感杀鸡，不管什么天灾人祸，把责任归到鸡和鸟头上，大抵不会太错。

人的命运就像蚂蚁一样反复无常、听人摆布，但人能像蚂蚁一样被轻而易举地踩死和浇灭吗？只要你不因为生命的脆弱和命运的不可捉摸而自暴自弃，放弃努力，否则，没有人能轻易地把你打败。（微博）

知道好心情重要，知道怎样才能有好心情更重要。古人的智慧是知足，不做无谓的比较。凡事都有两面，若老想不好的、坏的一面，必然整天忧心忡忡；若常想有益的、好的一面，必然时时处处感恩并珍惜已经拥有的一切。所谓好人一生平安不是简单的祝愿与宿命，而是当你怀着做好人好事的善心时，内心定会和平安详。（微博）

如果你认定或希望社会是美好的，那么，当你遭遇到一点点不公，你便会积愤难平；如果你认定社会是丑陋的，那么，当你偶遇一点点人间温情，你便会如饮甘霖；如果你认定或希望你们之间的感情是真诚的炽热的，你便容不下对方的一丝独立与冷漠；如果你认定人性是自私自利的，你便会为对方的小恩小惠而感怀，对爱倍感珍惜。（微博）

所有的事都挤到一块儿，究其原因，却可能是由平时的拖沓造成。总是想把事情攒到一块儿再集中精力一起办，结果往往是捉襟见肘、顾此失彼。写电视剧本可以追求这种效果，平时生活这样可不行。（微博）

欲望的满足是人作为个体的快乐之源，我们不可能回到藐视、扼杀、灭绝个人欲望的老路上去，但有必要为欲望的满足设置道德与法制的篱笆，让它既有一个相对自由的活动空间，又不至于到处乱窜，像野蛮的嗜血动物似的伤及无辜。人性利己，道德利他。人不为己，天诛地灭。人不利他，断桥一座。（微博）

人们对快乐与幸福的追求并不必然导致道德或邪恶，因为人是最善于伪装的种族，如果没有虚伪，它便无法成为具有社会性的动物。我们能因为利

他而浇灭自己心中不断产生的欲念吗？克制与虚伪就这样成为人类文明的另一面。（微博）

有多少人知道他要的东西到底是什么？有多少人能得到他要的东西？有多少人在得到了他要的东西之后会觉得那东西在一瞬间便改变了形态让人觉得完全陌生？又有多少人在得到了他要的东西之后便立即产生了新的不满足感？我们总想控制自己的生活，但我们的生活总是被一些说不清道不明的东西控制着。（《皂香·下》）

人生而懒惰，让一个人勤奋起来无非两点，一是生存压力，二是生活理由。早起的鸟儿有虫吃，早起的猎人有鸟打。（微博）

谁的生活不是百孔千疮？但是，一件好好的毛衣，即使胳膊上胸前全是洞洞，有些人仍然能够把它穿出时装的风采。（微博）

有一失总有一得，坏事总能变成好事，反过来亦然，但反过来时一定还能再反过来。昨天有朋友表扬我坚韧，说我总是以快乐的心态看到人和事，所以能够整天乐呵呵的。昨天又获得朋友赠送派克笔，虽昨夜失眠，但今天早起，已将困顿自己很久的章节写得泪眼婆娑，第一次让人性之光小露暖光。感谢生活，感恩当下。（微博）

你永远无法了解另外一个人的真实想法，你的判断在很多情况下不过是自以为是。另外一种情况是，对方的想法随时在变，你想形成对他的判断，不过是在刻舟求剑。（微博）

选择是有代价的，往往是为了某种预期利益而放弃现有的实在的东西。什么都不想放弃，将使选择成为一件痛苦的事。（微博）

人在郁闷、不如意的时候，寻找出路是他们的本能，至于是逃避还是突围，就看他身陷的麻烦到底有多大，他的悲惨生活到底有多沉重。价值观的迷失、道德的沦丧其实已使每个人受到伤害，类似于抗生素的滥用已经使很多病毒产生抗药性或新变种，以致无药可治，但仍有很多人面对生活中的惊世骇俗而麻木不仁。（微博）

侥幸心理让人漠视可能的危险，它的另一方面是对不确定好处的痴迷。在侥幸心理的驱使下，人们很容易偏离正常的生活轨道。（微博）

聪明人都是乐观主义者，善于自我安慰，当出现一种糟糕的情况时，便立即假设另一种更加糟糕的情况，庆幸它的没有出现，以使面临的处境对心理的打击不至于那么大。他们善用“幸亏”，比如说失眠了，他会想幸亏睡了几个小时，比如说受伤了，他会想幸亏命还在，请大家一试。（微博）

我们以为完成一件大事可以改变什么，其实，能改变的东西很少很小，唯有一种稳定的世界观能帮到我们，而世界观的形成又需要时日与事情，我们的所谓生活其实是各种累与倦怠中的一缕阳光。（微博）

·一千个酒局，一个目的·

在生意场上，喝酒的好处是别的东西无法比的，一场酒喝得好，便可活络关系，疏通梗阻。跟外面那些半熟不熟的人喝酒，你的豪爽是可以为你加分的，对方要认为你是可交之人，本来不好办的事可能就好办了，你们完全可能因为喝一顿酒而成为无话不谈的朋友。陪领导喝酒更来不得半点含糊，酒肉穿肠过，前途就此开。在领导眼里，能够将自己往死里灌的人，那是有担当的人，如果酒量大得喝酒如喝水，到最后能把别人放倒而自己还保持清醒的头脑，那就是一种天大的本事和能耐，足以委以重任。概括起来说，酒筵上只有两种人，堆着笑脸向你敬酒的人和渴望被众人堆着笑脸敬酒而不得的人。总之，与其把喝酒当成一种任务、一种负担，不如把它当成一种爱好、一种快乐。是的，酒真不是什么好东西，可你仔细一想，还真没有比酒更好的东西。

找准目标非常重要，对牛弹琴让人很郁闷，但是如果你的听众是清风明月，你将很容易飘飘然如入仙境。

喝酒只需七分醉

拍卖业务牵扯到很多法律关系，一不小心，就会陷到是非纠纷里去，弄得官司缠身。杜俊是学法律的，为公司规避风险是他的强项。柳絮原先对公司运作没有底，有了杜俊把关，心里慢慢踏实多了。其次，做拍卖业务，说到底，还是得争取委托方的信任与支持，请客吃饭是免不了的。有时候还得请人唱歌或者洗澡，这种场合柳絮便有诸多不便，这时杜俊便能派上用场。杜俊刚出校门，也没有什么经验，但这种事难度系数不高，陪几次，也就很快上路了。

最让柳絮满意的是杜俊的酒量，该柳絮喝的酒，基本上都让他给挡了，实在挡不过，杜俊也早有安排，他的包里永远放着保肝醒酒的药，吃饭之前，总是安排柳絮先偷偷地把药吃了，或者喝一杯牛奶。杜俊轻轻地对柳絮说，牛奶得一大杯一大杯地喝，让它挂满整个胃壁，才能形成保护膜。另外，杜俊有时候甚至干脆买通了服务小姐，这样，别人喝的是酒，柳絮喝的可能就是矿泉水。杜俊默默地做着这一切，从来不在柳絮面前邀功请赏。打从他进公司以后，就再也没有轻佻过，他看柳絮的眼光总是躲躲闪闪的，让她怀疑他们第一次见面时，他是否真的用一根手指头轻轻地撩拨过她。

杜俊喝酒从来就没有醉过，他也不会把人往醉里灌，能够有七分醉意就行了。三分醉，大家会矜持，等于没打开局面；五分醉，大家会讲狠斗气，万一掌控不好，就会适得其反，犯方向性的错误；七分醉，正是要高不高、似醉非醉的时候，大脑意识一模糊，大家就不分彼此了，就可以相互勾肩搭背、称兄道弟了。有求于人的柳絮、杜俊，要的就是这种效果。这种效果还可以让请客活动可持续发展，对于你接下来安排的活动，客人大都会乖乖地服从。

小孩子乱彈琴
叫調皮搗蛋
老頭儿
乱弹琴叫不靠
譜不
着調
小孩子不會
装老頭子會
装有時候装
得實在太好了
便成了大師
甲午三月
繪話堂主人浮石

● 小孩子乱弹琴叫调皮捣蛋，老头儿乱弹琴叫不靠谱、不着调。小孩子不会装，老头子会装，有时候装得实在太好了，便成了大师。

柳絮发现，杜俊不管喝多少酒，总能保持清醒的头脑，时刻不忘对客人溜须拍马，而且总是非常到位。举个很简单的例子，他总是能察觉身边最重要的客人会动筷子夹什么菜，然后动手移动转盘，把那道菜转到他面前。而如果客人夹了一块鸡肉，他会知道应该等上几分钟便递上一颗牙签，以供客人剔剔牙缝。

这么心思剔透的人，怎么会混不开？

（《红袖》）

段子

不要对别人的秘密好奇，那是他们自己的事。他们可能因为心血来潮或者喝了一点酒而忍不住向你一吐为快。这是完全可能的，谁都不是圣人，谁都有感情脆弱需要宣泄的时候。可是，等到他们清醒过来以后，又说不定会因为自己嘴巴不牢而后悔和迁怒于人。因为人一旦把自己的秘密告诉了别人，就等于暴露了自己的短处。他可能会这样看问题，既然你已经知道了他的私人恩怨、隐情，那么值得防备的也就包括你了。(《青瓷》)

进酒吧是不需要买票的，商家的利润体现在其所供应的啤酒和各种小吃里面。啤酒每一瓶的价格比外面超市货架上的高出十倍，一袋爆米花的钱够五个人在外面吃一顿快餐。小舞台上表演的艺人名不见经传，但说起来都获过国内或国际上的什么大奖，你搞不清楚那到底是真话还是调侃。主持人倒是很会插科打诨，荤段子、黄段子张口就来。唱歌的一律有或高或尖的嗓子，伴舞的小姐则一律波涛汹涌。这与走猫步的服装模特有本质的不同，她们的身材偏高偏瘦，可以与圆规相比美。据说这是骨感美，也称为魔鬼身材，让人产生误解，以为魔鬼原来是一些营养不良的素食动物。(《青瓷》)

现在请客吃饭，早已不是为了果腹充饥，而是有了别的醉翁之意。比如说，是为了拉近与被请对象的距离，或工作生活中有了矛盾，一起吃顿饭可以消除误解、减少摩擦，还有一种情况是为了扩大视野和圈子，展示个人魅力或公司影响力。更多的情况，还是为了解决某个具体问题。总而言之，吃饭俨然已经成为建立和维护人脉资源的一种手段。(《中国式关系》)

酒楼包厢其实是家庭饭厅的延伸，算是一种替代品，只要对方答应来赴宴，基本上表示他对邀请者有了心理认同。某件没有被批准的事项，可能在饭后签字画押；许多没有达成的协议，可能在饭桌上达成；许多合同细节上的争议，可能通过吃饭来解决；许多没有谈成的业务，可能通过一顿饭来谈成。可见请客吃饭是多么重要的一件事。(《中国式关系》)

请客吃饭的地点需要从两个层面来考虑：一是被请的对象是什么人，请客吃饭的地点要求跟客人的身份相匹配，还要方便客人出行；二是请客吃饭的目的，这也是吃饭的分类问题，因为工作餐、公关餐、联络感情餐、庆祝合作成功的庆祝餐，其意义性质是不同的，所要达到的目的也是不同的，也就必须在不同的地点进行。(《中国式关系》)

如果对所请的客人有所了解，最好谈一些他感兴趣的话题。一般情况下的媒介则有两个，一是喝酒，一是讲段子。但喝酒要把握好尺度，说段子也要掌握好分寸。自己喝多了，难免胡说八道。如果把客人放倒了，也会产生很不好的效果，因为醉酒毕竟是件伤身体的事，你还得去照顾别人，会派生出很多麻烦的问题，比如该谈的事没谈，或者本来谈妥了，客人却因为醉酒而忘了。再者说了，客人醉酒如果是因为拼酒而输，会觉得很丢面子，甚至有可能引起他自己或其家人对你的不满，这样，你请客吃饭的目的就会适得其反。讲段子也要注意客人的爱好和反应，要不失高雅，诙谐幽默，不要乱开玩笑，更不要因为某个无关的话题而与客人起争执。要记住，每个人都是有表现欲望的，你要借请客吃饭展示公司的优势和个人魅力，更要给客人表现自己才能的机会，因为讨客人的喜欢本来就是你请客吃饭的目的。(《中国式关系》)

请客吃饭是人际关系的一个重要内容，人的一生总免不了请客吃饭。特别是做生意的，如果不懂得这一套路，是一件没法想象的事，所以有必要认真对待。(《中国式关系》)

请客的地方要与客人的身份地位相匹配，得坐包厢，以保证用餐过程的私密性，否则，在大厅里用餐就像吃公共食堂，根本无法营造出“一家子”吃饭的良好氛围。接下来是点菜，不要拿起菜单就点，要让客人点——请吃饭不是请吃白米饭，而是吃下饭的菜，必须对客人的口味。不过，客人都是见过世面的，他们要么“随便”，要么就点一两个素菜或凉菜。如果你在这之前把功夫做到了诗外，早就摸清了客人的口味，在这个环节便可以得高分，否则，你就只能只点贵的不点对的——再错也错不到哪里去。客人对于吃什么可以不在乎，对于你一餐饭花了多少钱却可能会偷偷地在乎，因为据此他可以得出对你的第一印象：你这人是大方还是小气以及你对他的尊重程度。(《中国式关系》)

男人的工作就是吃吃喝喝，离开饭局是不可想象的，工作应酬既然必不可少，需要吃吃喝喝，那么，在灯红酒绿之际，有时候也要做一些违心的事情。当然也得有自己的朋友圈，为了工作，为了得到对方的信任，不得已做一些个见不得人的事。所以男人是很奇怪的动物，有时候真的是没有办法，就睁只眼闭只眼吧，因为计较的太多反而会伤害了自己。(《皂香·上》)

· 真作假时假亦真 ·

撒谎还真是一个技术活，正应了那句话，你为了圆一个谎，将不得不不停地撒谎，可能得接着撒十个谎一百个谎，直到那事看起来就像是真的。问题是谎言的链条上环节越多越容易被识破，就像沙子越往上垒越容易垮塌一样。

我可以学你說
話為了几粒米
而逗你开心
你最好也能
学我說話否
則当我不开心
的時候没准
我会用鳥語
问候你的先人
甲午新春浮石

● 我可以学你说话，为了几粒米而逗你开心，你最好也能学我说话，否则当我不开心的时候，没准我会用鸟语问候你的先人。

妻子的有些话，姑妄听之

在男女关系问题上，张仲平本来是自有一套理论的。因为老婆红杏出墙而离婚的丛林，对此曾经十分反感。按照张仲平的说法，丈夫的适度花心对维护家庭的稳定是有积极意义的，在外面做了亏心事的丈夫回到家里一般都会对老婆言听计从，决不会动不动就跟老婆斤斤计较。关键的问题是适度，是分寸感。丛林说："什么是适度，什么叫分寸感？怎么量化？由谁来掌握？别忘了做这种游戏的是两个活生生的有感情的人，而感情是最难把握的。你把握得了别人的感情吗？一时一事可以，一生一世呢？恐怕就不行了。按照这个标准，你不仅把握不了别人，你甚至把握不了自己。"张仲平承认丛林说得对，说："如果真的遭遇到了自己也把握不了的感情，那就只有听天由命了。凡是存在的都是合理的，有什么办法？"其实，丛林也就自己说说而已，毕竟，对自己感官的放纵就像吸食鸦片一样，有一种让人上瘾的致幻效果。

在跟曾真认识以后，张仲平倒不知不觉地有点改邪归正了。曾真有时候跟他开玩笑，说："教授应该给我发奖金，因为你蛮乖的嘛。"面对张仲平可能有的越轨行为，唐雯的观点恰恰相反。唐雯说："仲平你要是憋不住了，或者觉得跟别的男人比吃了亏，你可以偶尔找找小姐，但是必须戴套子，免得染上病。你可绝对不能找小蜜、找情人，因为如果那样，你投入的将是或多或少的感情，成本太高了。我们学院新分来了一个女研究生，时尚得很，说她们这么大年纪的女孩子经常感叹好男人难找：有才华的男人长得丑，长得帅的男人挣钱少，挣钱多的男人不顾家，顾家的男人没出息，有出息的不浪漫，会浪漫的靠不住，靠得住的人窝囊。要是碰上一个合适的，管你是不是围城中人，会黏住你不放。"张仲平笑笑说："我不用你敲警钟，警惕性高得很。现在外面怎么咒人的你知道吗？就是咒你找个情人，让你有解决不了的麻烦，让你人财两空。”张仲平嘴里这么说，心里却清醒得很，从来不相信唐雯让他找小姐的提议是心里话，哪个老婆真的允许自己的老公做那么龌龊的事？开玩笑。

（《青瓷》）

人生如棋
世事如棋你在算計别人時别人也在算計你世事不如棋不可能你一手我一招的絶对公平而且傷害你最深的往往是你最信任的人而最重要的是不能推倒重来
甲午新年
浮石写

世事如棋，你在算计别人时，别人也在算计你。世事不如棋，不可能你一手我一招的绝对公平，而且伤害你最深的往往是你最信任的人，而最重要的是不能推倒重来。

段子

真的就是真的，假的就是假的，真的假不了，假的也真不了。或者换一种说法，假的可以在某一时间蒙住某一部分人，却不能在所有的时间蒙住所有的人。山外有山，人外有人，假的东西总会被人看出破绽。（《青瓷》）

说穿了，纸是包不住火的。但就是有很多怪论，其中纸能够包住火就是其一，比如说灯笼。但严格地说来，灯笼里点燃的蜡烛虽然带了火，却不过是火的一种极特殊状态，它被外面的纸包住了还能起到照明作用，仅仅是因为蜡烛摆正了自己的位置，它与灯笼纸之间有了绝对安全的距离与空间。（《青瓷》）

如今的拍卖公司，在拍品的选择上也要颇费心机。一般来说，历代名家的精品是少不了的，这关系到拍卖会的档次。不管真的假的，也不管卖得掉卖不掉，如果没有徐悲鸿的马、齐白石的虾、李苦禅的鹰、吴作人的骆驼或者金鱼，买家来看什么？当地名流的大作也得有，这意味着本场拍卖会得到了行内的认可。圈子里的头头脑脑，从来就不愁自己作品的销路，他们送作品来参拍，是捧你的场，但他们的参加也有弊端。一是他们的作品往往标价很高，而且互相较劲儿。某某的作品一平尺都那个价，我的不可能比他的还低吧？二是千万不能让他们来看预展，一看预展就糟了，他们的观感惊人地一致：拍品除了自己的以外，其他的真是水平有限。名家作品要么形迹可疑，要么就是应酬之作。他们的这种观感是一定要在看预展时当场发表的，区别只在于是直截了当还是拐弯抹角。（《青瓷》）

谁都不是圣人，当一种实实在在的诱惑摆在面前的时候，说不动心那是假的。美国总统卡特知道吗？当有记者问他面对漂亮的女人作何感想时，他的回答是想入非非，有时甚至会产生强暴她们的念头。卡特说的是真话，是人都想发财，是健康的男人都想跟漂亮的女人睡觉。但是，想不想是一回事，做不做是一回事，做不做得到更是另外一回事。卡特为什么没有成为强奸犯？也没有成为后来的克林顿？因为他知道什么事情可以做，什么事情不能做。(《青瓷》)

俗话说，亲兄弟明算账。这话从另外一个方面来理解是这样的：在钱的问题上，如果处理不好，即使是亲兄弟也可能会斤斤计较，甚至反目成仇。(《红袖》)

广东有句俗话，叫扮猪吃老虎，愣头青才锋芒毕露，成熟的男人应该用笨拙掩盖精明，用木讷掩盖虚伪，这样才有足够的有生存力。(《红袖》)

钱是让人快乐的，如果挣钱的过程让人备受煎熬，而且还不一定十拿九稳地能够挣到钱，那又何必自找难受呢？有什么东西比生命本身更重要？当然没有。(《红袖》)

这个社会假东西太多了，假烟假酒假钞假药假章子假牌子假文凭假学历假画假古董假业绩假政绩假话假人假情假意，凡事假字当头，你糊弄我我糊弄你，诚信缺失，道德沦丧，急功近利，害人害己。要建立和谐社会，必须从打假开始。(《红袖》)

中国的事情就是怕拖，一拖，各方当事人就有了找关系的时间和空间。很多事情，应该怎么办是一回事，具体会怎么办，往往是另外一回事，可能是各种利害关系暗中博弈的结果，所以，公事公办的时候，谁都不会轻易表态。(《红袖》)

鍾馗鎮宅納福圖
甲午新春溪人浮石於岭南韶关
請永遠尊重把兩只手抄在袖子里的人因為你很難準確知道那里藏的到底是元寶還是寶劍
浮石題

● 请永远尊重把两只手抄在袖子里的人，因为你很难准确知道那里藏的到底是元宝还是宝剑。

人性本善，本来都想走白道，但走的人多了，人挤人的，就没有了道的讲究。本来不想走黑道，不想走歪门邪道，但有了酒色财气的欲望或买房买车、换房换车的梦想，便会有不少人铤而走险。当然，更多的人会选择走灰道——介于黑白两道之间，或时黑时白，或先黑后白，或表白里黑，或自以为白实则为黑，等等。(《中国式关系》)

一夫一妻制是人类文明的进步，但人类进化到现在，似乎还没有彻底根治自远古时代传承下来的遗传基因。对于一个现代男人来说，会有两方面的表现：其一，是对权势与财富的追求欲望，这无疑是他扩大地盘和影响力的原始动力；其二，是对美色的占有欲。因此专家说花心是男人与生俱来的东西，与其简单地说它是个心理问题或道德问题，不如说是个生理问题。(《中国式关系》)

什么是深交？所谓深交无非是看彼此之间能不能随便在一起吃吃喝喝，对方能不能随便接受你的财物，你能不能只要去个电话就能安排大家一起搞各种娱乐活动。要知道，没有深交，大家都戴着面具，也就随便不起来。而只有大家打成一片，在毫无戒备的推杯换盏之间，才最容易发生公权与私利的交易。(《皂香·上》)

这个世界上的诈骗犯真是太多了，其中不乏智商情商都高的，你要是稍不留神，就可能中了别人的圈套。(《皂香·上》)

有一种人，故意装着不在乎什么，其实恰恰很在意，那是一种狡猾的掩饰。比如说，口口声声说自己不骗你的人其实就在骗你，口口声声说自己大方的人其实就是个吝啬鬼。(《皂香·上》)

不满就像种子，落在心里总是要破茧而出的，不管你怎样刻意回避，也不管你平时包裹得有多严，掩藏得有多深。(《皂香·上》)

谁都可以追求自己想过的生活。如果为此跟别的什么人产生了摩擦产生了冲突，你也不能要求别人非得这样做不能那样做，因为谁都可以从自己的感受和利益出发考虑问题、做出选择。这样做并不是自私，也并不是卑鄙，相反，如果不这样做，也并不见得就是高尚，因为那将以压抑自己和欺骗别人为前提。(《皂香·上》)

天会黑，人会变，三分情，七分骗。网上的事，你也不要太认真了。(《皂香·上》)

尽管网络是个虚拟的世界，但我们身处的现实世界又有多少真实呢？奇怪的是，虽然每个人都本能地掩藏自己，见人便习惯性地说谎，但内心深处却仍然天真，且泯灭不了对真实的孜孜以求。(《皂香·上》)

网络是个虚拟的世界，进入网络的却是一个一个实实在在的人，他们食着人间烟火，只是在上网游荡时才披上了一层伪装。或者换一种说法，网络里面的男男女女，正因为顶了一个标新立异的虚名，掩藏了自己的真实身份，反而可以率真地披露自己内心深处最隐秘的想法。这大概就是网络世界与现实生活的区别，前者是假人说真话，后者是真人说假话。在现实生活中活得太累，才到网络世界里去寻找轻松，寻求发泄。(《皂香·上》)

现在的人到底是怎么啦？一方面苦苦追求所谓的真情实感，一方面又生怕自己付出的比获得的多。也不是不能吃一点点亏，就怕吃了亏还被人当傻瓜。(《皂香·上》)

谁不珍惜自己做梦的权利与机会呢？现实太沉重了，所以我们需要通过做梦来释放自己。当梦想成为现实中努力奋斗的目标，我们才有了沉迷于它带来的快乐乃至于恐惧的机会。(《皂香·下》)

完善社会制度，让人与人之间的关系真实而坦诚，这是我们这个社会的

希望。(《中国式关系》)

生活，曾经为我打开过一扇一扇门，又为我关闭过一扇又一扇门，我对生活的热爱却始终没有改变。一条路走不通，换一条就是。谁说这条路的风光不如那一条？（《中国式关系》)

为什么不是天下无贼？因为社会制度的防火墙、防盗墙还有漏洞，不仅能让贼轻易得手，还能让他轻易逃脱。人无敬畏之心，必定胆大妄为。所谓“莫伸手，伸手必被捉”，只是善良的弱者刷在防火墙、防盗墙上的标语口号，本身不具有惩戒的功能。(《中国式关系》)

你在纸上画个勾，然后告诉别人这是一个勾，那么它最多就是一个勾。如果你在纸上画个勾，然后让别人去想象这是什么，结果可能会极其丰富多彩，比如说：股票触底反弹；法院布告上院长姓名的确认；路线示意图；表示胜利的抽象符号；荷叶梗在平静的湖面上的倒影等等。(《中国式关系》)

最巧妙的欺瞒，是让别人看起来像是自己选择的结果，受害者自认为有完全的控制能力，而事实上他们不过是一个傀儡。(微博)

我们有时候会被过多的资讯或信息控制，分不清那些资讯或信息的真假，我们其实是些内心脆弱的可怜人。当我们付出屡屡被骗的代价，我们以为自己已经成熟与冷血，犹不知我们将在那一刻失掉感知真善美与温情的能力。我们总算有点明白了，上帝为啥说，有人打你的左脸，你得送上你的右脸。因为这是我们的人生。(微博)

直觉或内心的恐惧，可以让人远离真实而巨大的风险。而你真正想要的东西，常常可以换一个时间、地点与方式得到，退而求其次，你也能找到足以以假乱真的替代品。所谓人生的智慧，往往不过是在珍惜自己生命的前提下，对于付出与获得之间的一种理性考量之后的选择。(微博)

欺骗别人的最高境界是自我欺骗，当你由忘我而进入到本我的境界，你就等于全情投入了，你还会怯场吗？他人能不被你感染、打动吗？（微博）

小孩儿撒谎会低头会脸红，大人会提高声音会两眼直瞪着你，提高声音是为了虚张声势，两眼直瞪着你是为了看你的反应，以便随时调整说假话的策略。（微博）

说真话是小孩子的特权，大人以“童言无忌”原谅他们。现在鼓励说真话，相当于鼓励回到小孩子的状态。如果大家都这样做，社会与生活将会更美好。但如果只有一部分人这么做，他们将变成弱者、被欺负者与被凌辱者。（微博）

我们不一定要逼自己做好人好事，但起码应该告诫自己，别做坏人坏事。在大善大恶之间，总有中间的路可以走。（微博）

有时候追寻真相的过程，就是威迫或诱导对方撒谎的过程。反过来说，撒谎是一个人是否成熟的标志。我不是鼓励大家撒谎，我是在讨论人生。因为对每个人来说，不是该不该撒谎的问题，而是会不会撒谎的问题。（微博）

相信什么可能得到什么，不相信什么可能得不到什么。不管你相信还是不相信，该来的总会来，不该来的总不会来。如果撒谎者说自己说的每一句话都是假话，那么他说的这句话算不算真话？（微博）

生活中，人人可以装，人人可以演，但你倒是装得像一点，演得好一点呀，否则，不如本色出演。（微博）

一切表面看来为了别人的德行或善行，实际上只是为了树立自己优秀的形象或免受别人的诋毁与谴责，说穿了不过是一种利己主义的伪装或为了名誉而对利益的有限牺牲。我们总是按照对自己有利的原则希望别人是怎么样的人，但比这个更重要的是，我们更应该知道人实际上是什么样的，包括我们自己。（微博）

官话是中国语言文学的精粹，什么话能说，什么话不能说，同样一个意思的话，用什么方式来说，在什么场合什么语境说，那是大有学问的，其分寸是需要功力与技巧才好拿捏的。在一个官民矛盾普遍化尖锐化的语境中，万一说错了话，完全可能讨好了老百姓而得罪了领导，也完全可能既得罪了领导又得罪了老百姓，老鼠落进风箱里两头不讨好。(《皂香・下》)

有些人最大的个人魅力是他的口才——有一副好口才，条理清晰、语言幽默、旁征博引。谁都知道有些场合不能讲真话，可你要是尽讲假话、套话、空话，那也不行，别人会说你既不真诚也没水平。可是，要把假话、套话、空话说得疑似真话、疑似有个性、疑似充满哲理与激情，那也不容易。(《皂香・上》)

很多时候，我们不是在与真实的人打交道，而是在与两种人打交道：一是被对方伪装与自我美化过的人；二是被自己想象与夸张变形过的人。这使我们的生活充满了不可预知的戏剧性……（微博）

人是一种浮夸的动物，总是喜欢放大自己的感受，如放大幸福与痛苦，这样做的结果是，前者容易导致乐极生悲，后者容易使人只见树木不见森林。（微博）

把假话讲得像真的与把真话讲得像假的，都需要很高的修养。当一个人能把假话讲得像真的，同时能把真话讲得像假的，他便具有了一种极高的境界。（微博）

一生中总是免不了要大量地撒谎，从小孩子时就开始了，撒谎是趋利避害的一种动物本能，也正因为如此，人们对于普通谎言早已习以为常。但在公共领域、社会交往中，谎言导致诚信危机，伤害的除了听信谎言的人还有撒谎的人，因为它将直接增加人际交往成本。（微博）

谎言有两种，一种是彻头彻尾的谎言，通篇只有撒谎者的勇气，没有一句真话，这种谎言没有任何技术含量，一戳就破；一种是真假参半的谎言，以枝蔓之真掩饰实质内容之假，即使遭到质疑，也可以把对方引到对自己有利的所谓真凭实据上去。（微博）

一件事，你要刻意隐瞒、生怕别人知道，那叫秘密；你要是自个儿到处张扬，那就不叫秘密，叫闲事。拥有秘密越高级、越多，可以用来交换的资本也就越充足。人们对一件事一个人越关注，证明这件事这个人越有隐情越有隐私。当一件事一个人没有秘密隐情隐私可言，人们将迟早失去对它的兴趣。（微博）

每个人都有他自身无法解决的问题，自我欺骗是一种好办法，但被欺骗却会让人很受伤乃至暴跳如雷。宗教是自我欺骗与欺骗的完美结合，它的最高境界是让死亡成为一种美丽的解脱与新生。（微博）

表面上无序的生活仍然有着内在的逻辑，不要问枝繁叶茂与盘根错节哪个更真实，它不过是一棵树地上地下的两种状态。（微博）

鍾馗鎮宅賜福圖

世人画钟馗常常是一副怒眼圆睁凶神恶煞的样子，但我认为，真的强者并非总是装腔作势剑拔弩张的，他完全可能温柔体恤笑容满面。

食色天下

食色天下2

人算不如天算

预审
李治邦

浮石绘话

胭脂铺

杀破码

鉴宝高手

河流
许开祯

兵王

杀机深伏

2013年度最好看的新军旅小说
王牌特卫4

终极猎杀2
2013重磅归来

北京户口
刘伊

北京诱惑

职场高手

终极高手

从红卫兵到CEO
我的中国梦

你是我追不到的时光
苏半夏

你是我追不到的时光2
苏半夏

半暖

向着阳光奔跑
梦想止于行动

向着阳光奔跑2
梦想止于行动

佳事非如烟

佳事非如烟2

与爸爸一起成长

善男信女

复仇天使

靠谱心理学
怎样证明你是最靠谱的!
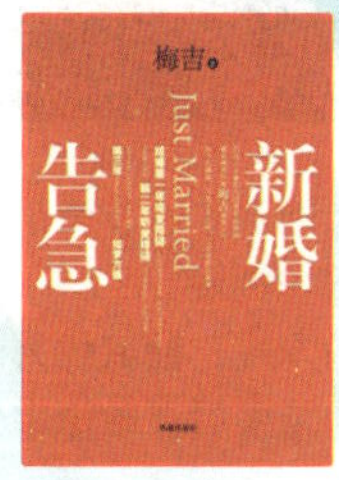
梅吉
新婚告急
Just Married

步步生情

一半是天堂

“扫微信拿新书”活动

活动时间：2014 年 3 月 1 日—9 月 30 日

（在此期间宏泰恒信出版的图书均可参加活动）

活动内容：

活动一：多买奖励。一次性购书三本以上，可得到新书一本。

1、需关注“宏泰恒信图书”官方微信，回复“扫微信拿新书”。
2、微信上传购书凭证和书的照片。
3、写明您的姓名、邮寄地址、联系电话。

活动二：生日送礼。生日当天购书可得新书一本。

1、需关注“宏泰恒信图书”官方微信，回复“扫微信拿新书”。
2、微信上传购书凭证和本人身份证照片。
3、写明您的姓名、邮寄地址、联系电话。

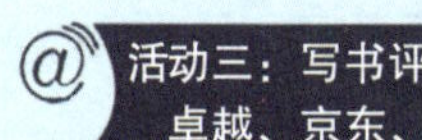

活动三：写书评拿奖品。书评在 200—800 字之间。凡在豆瓣及当当、卓越、京东、等购书网站评论的，均有机会参与抽奖活动赢取奖品。

1、需关注“宏泰恒信图书”官方微信，回复“扫微信拿新书”。
2、微信上传书评截图和链接。
3、我们将采取抽奖的方式，抽取优秀的书评人，给予作者签名新书、明信片、海报等作为奖品。获奖名单将在活动结束后在微信中公布，随时关注哦。

· 让为你服务的人，以为在为自己服务 ·

做生意其实很简单，第一是找对人，第二，是看你要他办的事他能不能办，以及他办完之后能得到什么利益。如果你和他能在利益上形成共同体，就等于上了一条船。这样，你的事也就成了他的事，他办起事来就会积极主动。因为他为你办事的时候，等于是在为自己服务。

● 讲政治要从娃娃抓起，首先要学会搔痒痒。搔什么地方，搔轻还是搔重，里面有很多学问与技巧。总而言之，要想自己舒服，先要让别人舒服，只要把尊长伺候好了，肯定会有好果子吃。

后天养成千里马

李明启刚走出大学校门那会儿很冲，感觉自己就像早晨八九点钟的太阳，这个世界不是咱们的还能是谁的？但李明启上班不到一个月，就被当头泼了一盆冷水，这件事还跟当时的林副社长有关——李明启花一个多星期弄出来的稿子被他枪毙了。李明启直奔林副社长的办公室，一定要他给个理由。林副社长哼哼哈哈，说到时候你就知道了。李明启犟劲上来了，问林副社长稿子写得怎么样？回答说，有理有据，文采飞扬，不错。接着问，稿子违法了吗？回答说，没违法。又问，稿子违规了吗？回答说，也没违规。再问，既没违法又没违规，文章写得又不错，为什么不能发？林副社长说，就凭你问的这几个为什么，这文章就是不能发。原因明摆着，大家都知道，就你不知道，可我不能告诉你。李明启还算有点涵养，没有破口大骂这是什么混账逻辑。林副社长有点于心不忍，挂着李明启当时认为极其伪善的笑容，边点头边对李明启说，稿子不发是为了你好，也是为了报社好。年轻人，你要想交学费，有的是机会，可这次学费，你交不起。

那是一篇关于某市市委书记买官卖官的报道，当时已被批捕，基本的犯罪事实已经侦察终结，后来还是外省的媒体最先报道了这件事。

事情过去了一两年，李明启也没发现林副社长压着他的稿子不发高明到哪里去。等到李明启因为“群众观点”的事领到了到居委会锻炼的机会，回头再看那件事，这才幡然醒悟。官场是个马蜂窝，捅它的人永远当不了英雄，不被马蜂蜇就算最大的幸运。当然，敢于捅马蜂窝的人也可能博得一时的喝彩，但那种虚名，能给你带来什么？你以为自己眼光独特，仗义执言，在别人眼里，你不过是连堂吉诃德都不如的傻瓜蛋。李明启在悟到了什么的时候，觉得自己同时也失掉了什么，他为此一个人喝过一次闷酒。他在宾馆里开了一间房，一个人边吃边喝。当他抱着宾馆的抽水马桶吐了一夜又睡了整整一天之后，他觉得自己变成了另外一个人。

前不久李明启和另一朋友闲聊，二人达成了共识，或者说李明启才真的有所悟：你想要别人帮你，你得先给别人创造帮助你的条件，让别人帮助你的时候能够理直气壮，能够有摆到台面上说的理由。一句话，你得先干出点成绩，学而优则仕。这是两头讨好的事，你先把自己弄成千里马，然后让头头脑脑们当你的伯乐。

（《青瓷》）

和者不刚不柔之称也，古人云：见和同解，戒和同修，身和同住，口和无诤，意和同悦，利和同均，志同道合也。

段子

对于老板来说，怎样用人是个比较棘手的问题。招的人不能干，不仅干不了事，还可能误事，因为如果有机会没抓住，就会被别人抢走。但招的人太能干了，也得担心，他如果认为自己的待遇和付出不对等，就会有想法，就会想跳槽或自立门户。中国人皇权思想厉害，发展到现在，就是从政的想当一把手，经商的想自己当老板。(《青瓷》)

什么是顺水人情？就是各方面条件成熟了，只需要在某个环节上做一点点推波助澜或画龙点睛的工作，就能水到渠成，讲究的就是一笔带过，四两拨千斤。从反面说，叫压死骆驼的最后一根稻草；从正面说，叫烧水时从九十九度到一百度的最后一把火。(《红袖》)

拍卖公司是中介服务机构，从委托方那里拿业务，再想办法找买家把东西卖出去。这两个环节哪个重要？都重要。但首先得有委托，拿不到委托你卖什么？这对于新公司来说尤其重要，因为没有业绩，就得完全靠关系。有些关系是原来就有的，比如说老乡关系、同学关系、战友关系等等，有些关系必须重新去建立，这就离不开公关人才。(《红袖》)

有些问题，也许根本就不是问题。或者换一种说法，解决问题最好的办法就是不去想怎么解决问题，因为能不能构成问题，还得看关系。关系不到位，到处都得磕磕绊绊；关系一顺，哪里都能畅通无阻。另外，不要以为关系越复杂事情越难办，有时候，关系错综复杂有错综复杂的好处，有些事，做了就做了，没有人特意去捅破那层窗户纸。(《红袖》)

要想做成事，必须把有些人拉过来为你所用。怎么拉？最好的办法就是看他喜欢什么，然后投其所好。什么是商人？就是凡事都可以商量的人。什么是生意人？就是遇到问题总能生出主意来的人。因此投其所好对他们来说，从来不是什么难事。(《红袖》)

想要别人帮你，你得先给别人创造帮助你的条件，让别人帮助你的时候能够理直气壮，能够有摆到台面上说的理由。一句话，你得先干出点成绩，学而优则仕，这是两头讨好的事，你先把自己弄成千里马，然后让能帮你的人当你的伯乐。俗话说，蛮干不如巧干，蛮干费时费力，讲究的是积累，从量变到质变。巧干就不一样，费力不讨好的事，坚决不干；谁都可以干的事，最好不干；能利人利己的事，毫不犹豫地抢着去干。(《红袖》)

爱斯基摩人生活在一年四季冰封雪冻的北极，狗是他们的生活伴侣，也是他们唯一的运载工具——雪橇的动力。怎样才能让狗多拉快跑，可不是一件容易的事。爱斯基摩人的办法可真叫绝，他们把雪橇狗分成两个层次：领狗和力狗。领狗只有一条，力狗却是一群。领狗拥有很多特权，不仅吃好的睡好的，还从来不挨鞭子。力狗的待遇可就差多了，大家一起抢着吃，还经常吃不饱，狗舍也差，拉雪橇的时候，只要跑得稍微慢了一点，主人的鞭子就会准确无误地落在身上。力狗对领狗充满了仇恨，往往借拉雪橇的机会，恨不得一起朝领狗下手，把它咬烂撕碎。然而，爱斯基摩人决不会让这种情况发生，他们的办法又简单又聪明，就是让领狗的缰绳永远比力狗的长一条半身子……你想那会是一种什么情景？（《红袖》）

谈条件的过程就是大家一起权衡利弊的过程，也是你进我退、我予你取的过程。你有你想达到的目的，我也有我想达到的目的，就看能不能找到契合点。有了契合点，两个人的对手棋，才有可能走下去。为了实现主要的目标，就得在小的利益上做出让步，否则，僵在那儿对谁都没有好处，就是一盘死棋。(《红袖》)

走动就是应酬。应酬很重要，别人刚跟你引见一个人，就得趁热打铁，赶紧去拜访，时间拖久了是不行的，会显得你对他不够重视。他要是记不起你，情况更糟糕，等于白找人引见了。手机和互联网为沟通信息提供了极大的方便，但对于应酬来说基本上没有帮助。因为真正的应酬是应该面对面进行的，喝喝酒，泡泡脚，唱唱歌，做做按摩，三五次下来，就可以称兄道弟了，个人想办的事情也就想办法委托出去了，可见走动是多么重要。（《中国式关系》）

到底是找“县官”还是找“现管”？根据要办的事情的不同情况，两种途径自己掂量着办，都会有效的。如果要做到双保险，最好是“县官”、“现管”一起找。但需要注意的是，找人办事切忌弯子兜得太大，如果中间环节太多，花的时间、精力和财力就会太大，这就很不经济。而那些吃得开的人一定是关系面广的人，一两个电话就能把要办的事摸个门清，并找到关键人物。一个人要想左右逢源，就得成为这样的能人，或与这样的能人做朋友。（《中国式关系》）

一个人总是有不同的爱好、欲望与需求的，想办法了解他，先做功课。见面时如果能给他一种你和他气味相投的印象，你便很容易被他接受。物以类聚，人以群分，共同的爱好与语言，是很容易让大家谈到一块儿，成为哥们儿的。（《中国式关系》）

也许有人会认为，狗就是狗，要让狗服从自己，最好的办法就是采取强制手段迫使它屈从。事实上，强迫可以起到一些作用，但效果并不理想。当狗因为恐惧而服从你的时候，要么是一种伪装，所谓强权之下必生伪善，要么变得谨小慎微，对自己失去信心。不管是哪一种情况，两者都很难建立相互依赖的战略合作伙伴关系。狗会失去快乐的本性，主人则会因为狗的存在而多一种生活的负担，无论对谁，都是可悲的。（《红袖》）

中层管理者就是做“夹心饼干”，就总有上下级的关系需要处理，就不能由着自己的性子来。具体来说，对上，在看得见的地方或者说能够摆到桌面上的事情上，你要把本职工作做好，要为老板出思路，要有时间精力还有喝酒的胃。最起码，你分管的那一摊子事不能出状况，不能给老板添乱添堵。在看不见的地方，事情可就更加复杂了，光是站队跟人、笼络关系，就不是三言两语能够说明白的。对下呢？虽说下级对上级总是免不了要溜须拍马、献媚讨好，但他们内心里到底是怎么想的你还真搞不清楚，否则，就没有欺上瞒下之说了。就算他们心口一致，不全都是阳奉阴违的刁民，但具体工作终归要由他们去干，你就得恩威并施，既要顺着哄着，还得不时祭出杀威棒。总之，你既要体恤下属，又要时不时在他们面前要要威风，这些分寸都不是那么好拿捏的。(《皂香・上》)

沟通时如果双方态度真诚，不说假话空话鬼话，只说人话，经常互换立场，既替自己考虑也替对方考虑，很多事情的处理就不会那么困难。(《皂香・下》)

一个人是不可能做到不得罪每一个人的，因为人的利益有时候是一致的，这种时候很容易结成联盟，你有我有大家有。但人的利益有时候是不一致的，这种时候很容易引起冲突，不得罪人意味着要牺牲自己的利益，一两次可以，老这样行吗？所以，与其做老好人，不如心存善念，无害人害己之心就好，这叫问心无愧。(微博)

人应该学会宽恕别人，也应该争取得到别人的宽恕。宽恕别人是一种心怀，宽恕自己是一种境界。一个不懂得宽恕别人的人，总是心存芥蒂，因为别人的态度与表现而郁郁寡欢。一个不懂得宽恕自己的人，自我的世界将越来越狭窄与封闭，无异与自投罗网与牢笼。缺乏宽恕，说到底是缺乏理解与爱。(微博)

做好人就要有随时吃亏的准备，吃小亏赚大便宜。其实，每个人都有占

有些佛像是用石头刻的，有些是木雕的，有些是金塑的，有些是铜铸的，还有一些是画在纸上的。佛在心中，才能与佛沟通，心中有佛，才能一念成佛。

小便宜搞小动作的劣根性与冲动，但在与人交往合作时，却总是避开那种占小便宜搞小动作的人，总是在寻找守规矩的好人。所以，做人做得越好，获得别人给予的机会越多越大。这不是一种心理安慰，是人与人交往的心理基础。为了自己，请做好人。（微博）

大家一开始就心知肚明，今天你用我，明天我用你，关系的建立与维持完全跟着利益转。你可以把关系在口头上称为朋友和哥们儿，但内心深处只要求得互相利用时的相对公平就足够了，因为真正的朋友，是不会让你没日没夜地应酬，以把你灌趴下为乐的。（微博）

从人与人之间的互动关系上来说，作为某一次的被救赎者，固然总是希望获得别人的爱心与善待；作为某一次的救赎者，也应该并必然从爱心与善意的奉献中，深刻体会到做人的价值、尊严与幸福。所以，慈善若水，应该在人为的等级与高下之间顺畅而快乐地流淌。（微博）

我们不能控制别人对我们的态度，幸好我们能调节自己的情绪；我们不能控制世界末日的来临，幸好我们能够把它变成是泯灭恩怨情仇的一种方式。有些人幸灾乐祸不是因为他有多坏，而是因为大灾大难能让他处于一种平时没有的至尊地位，而即将到来的天灾无疑将唤醒我们藐视现时痛苦的意识与解脱期盼，是一种无奈而真正的处之泰然，想到每一个人无论富贵贫贱都是一样在劫难逃可怜兮兮，有什么可跟他计较的？（微博）

做人最难的，就是善待自己和他人。你对别人好，别人不一定对你好。别人对你不好，你还能对他好，只有这样的人，才算是真正的强者。（《青瓷》）

·这个时代的怪现状·

很多事情，谁要求迫切谁就会先妥协。什么意思？意思就是说，甲乙双方做生意貌似平等其实不平等，往往是甲方掌握主动权和话语权。对于乙方来说，做生意的技巧就是想办法把自己变成甲方，至少得与甲方平起平坐。什么技巧呢？这里面技巧多了，最基本的就是欲擒故纵，不能显得太急切。本来是互利互惠的事，你显得太急切了，别人会以为你在求他，跟你谈生意倒变成了对你的施舍，到最后你就不得不对他摇尾乞怜。

很多情况下，与人对话不如看鱼说话。

一张话剧票

李明启真是没有踩对点子，当他老婆冯老师决定对他严防死守的时候，他才想到要逃离家庭和老婆的温柔陷阱。

李明启要减少在家滞留的时间，理由倒是一大把。他知道冯老师最希望得到的是什么，便偏偏拿那件事来说。他告诉她，再过几天，报社党组就要开会讨论了，他得活动活动，每个党组成员的码头都要拜到，没办法，就这风气。

又过了一段时间，李明启告诉冯老师，报社党组会已经通过了，已经报到了省委组织部干部四处，这个环节最关键了，除了组织部的与会人员，他们还得征求省委宣传部的意见，可不能让他们听到什么不好的反映，因此，需要做工作的面就更宽了。

李明启并没有完全说假话，事情的进展是真的，他没有少在外面活动，也是真的。但需要找的人、活动的次数，被他严重地夸大了。有时下了班，也没什么事儿，就是不想回家，就是怕回家。

拿空余出来的时间来干什么呢？

单位里不少同事喜欢打麻将、玩牌，李明启却没有这个爱好。打麻将、玩牌如果不赌点钱，不刺激，味同嚼蜡。想刺激，就得跟钱沾上边，不能太小，否则还是不刺激，也不能太大，否则就成了纯粹的赌博。但无论大小，只要涉及钱，就会有输赢，有输赢便容易出现非理性，特别是遇上那些斤斤计较的对手的时候。赢家要么还想赢，以扩大战果，要么就想快点散场，以便保住胜利果实，输了的则一律不甘心，一门心思要翻本。这样，一场牌下来，往往通宵达旦。结果呢？赢家和输家的区别仅仅在于，前者劳命，后者

快〃樂〃捉鬼去
有几個人見過鬼。
有几个人心里没有鬼。只有對自
己的内心進行降魔驱鬼才能坦
坦蕩〃快〃乐
樂过一生 浮石寫并記之

● 有几个人见过鬼？有几个人心里没有鬼？只有对自己的内心进行降魔驱鬼，才能坦坦荡荡快快乐乐过一生。

除了劳命还伤财，说不定一句话不对劲儿，还会生了间隙。

李明启原来有过不少红颜知己，只怪时间不够用，哪有过闲得找不到事干的时候？但这会儿处在组织考察、准备升迁的关键时刻，暗处不知道有多少双挑剔的眼睛盯着他，你让他去泡妞，也太看轻人家的智商了。

李明启闲得无聊，偶尔会去香水河沿河风光带散步，也可能去免费开放的三木公园跳跳舞。这一天，他路过市人民大剧院，见有场话剧，一时心血来潮，便买了张票进去看了。

一开始，冯老师对李明启外出活动的要求很是支持，她甚至问他手头的钱够不够。直到有一天，她帮他洗衣服的时候，从裤兜里掏出了那张市人民大剧院的话剧票。

冯老师一下子被击蒙了，她恨不得拿把刀子去砍人或者把自己杀了。

在最初的打击之下，冯老师压根儿没想到李明启会一个人去看什么破话剧。

你真要看你不能把我叫上吗？你是跟谁一起去看的？不会是男同事吧？两个大男人成双成对地坐在剧场里看话剧算怎么一回事？那么她一定是女的了。她是谁？你跟她认识多久了？你们是怎么勾搭成奸的？我对你怎么样，还不好呀？那你干吗要背着我做这些伤天害理的事？你不想要这个家了吗？你想让我们的宝贝儿子，要么没妈要么没爸吗？

习惯了抽象思维的冯老师，形象思维一下子活跃起来了，她有太多的问题需要李明启解释，这些问题像一窝蜂似的钻到了她的脑子里，几乎把她的脑子弄坏了。

慢慢地，冯老师总算恢复了应有的理智。不过就是一张破话剧票嘛，要真有问题，他会那么不小心把它留在裤兜里？恐怕早就毁尸灭迹了。谁规定了他不能一个人去看话剧？谁又规定了他不能跟另外一个男的一起去看话剧？他们做记者的经常有人给他送东送西送红包，送张话剧票并不为过吧？是呀，也许就是话剧团的人送的哩，目的是希望他看了以后在报纸上宣传宣传。这太正常了，是他工作的一部分，所以他就没有把票根处理了，也就没有向你汇报，一个大老爷们儿，要是事无巨细都跟老婆嚼舌头，那他还能干成什么大事？

好吧好吧，就算他是陪一个女的去看的，那又怎么样？也许他们才刚认识吧？他们肯定还没有到上床的程度，否则，怎么会跑到剧场里去耗那个闲工夫？

冯老师觉得，她替李明启做的辩解，同样软弱无力，不能自圆其说。如果他的行为是光明正大的，他完全可以大大方方地告诉她，一句话就够了。可是，你看都过了多少天了，居然没对我说一个字。等等，那天是星期几？他自己怎么说来的？他说他去看一个老领导去了。

他在撒谎。

他为什么要撒谎？

要没情况你撒什么谎？

要没情况你也撒谎，后果更严重，证明你撒谎早就成了习惯，都不知道你哪句话是真的了。

冯老师觉得自己的婚姻出现了危机，她和李明启的关系处在了十字路口。

她决定把那张话剧票藏起来，暂时不露声色，因为她还不知道自己该怎么做。她是一个理性永远大于感性的人。

如果姓李的真的在外面有了情况，她一定有办法把这个情况查个水落石出。

“我就不信。”冯老师把那张票紧紧地捏在手里，异常冷静地对自己说。

（《红袖》）

段子

幸福往往由两种东西组成：一是良好的自我感觉，二是别人积极的评价。（微博）

有些人心术不正，正面进攻如果没有十分的把握，也不会轻易言败，会采取佯攻战术，从背后搞你的小动作。放弃正面战场，搞你七七八八的其他问题，可以极大地挫伤你的锐气。现在这个社会，谁都不是不食人间烟火的神仙，谁还没有一点短处？你的短处被人抓着了，你就得乖巧一点、收敛一点，这样，双方力量的对比也就会随之发生变化。你要是犟着脾气跟人斗，不仅找不到对手，你出击的拳头会像打在影子上似的没有着落，还会暴露出自己的软肋。（《青瓷》）

想挖一棵大树，硬摇硬拔是没有用的，得先把外围的土给挖松。（《红袖》）

面子是什么东西？值多少钱？很难说得清楚，但有一点可以肯定，人们对于给自己面子的人，总会不由自主地心生好感。（《红袖》）

毕业之前，大学生一般要忙两件事，第一当然是找工作。第二件事，分两种情况，从未谈恋爱的抓紧时间随便抓个人恋爱一把，已经在谈的则抓紧时间分手。（《红袖》）

领导会这样考虑问题：一个好汉三个帮，我要提拔你，除非你死心塌地地跟着我、帮我，否则无异于栽培异己，你越有能力，就越有可能构成对我的威胁，并在关键时刻拆我的台。(《红袖》)

在炒股行内有一种比喻，说哄女人上床易，让女人下床难。什么意思？是说把股票炒上去容易，要在高位出局变现就很困难。现在连卖小菜的都在谈股票，那些家庭妇女连基金和味精都分不清楚，就敢往股市砸养老的钱。炒股最难过的其实是心态关，要是打算出去度假游玩，股票不清仓，就总得惦记着，岂不是把游山玩水的兴致都破坏了？(《红袖》)

我们务必要搞清楚，狗的类似敌对、咆哮、争抢等行为是非常糟糕的，如果不加以控制，这些行为很可能会变本加厉，甚至成为潜在的威胁。而另一些行为，例如咀嚼、奔跑、依赖，则是狗的天性，我们不应该一味地去制止，而是要找出一种合适的方法让它们得到宣泄。例如狗咬胶，就能很好地用来满足狗的咀嚼欲望，并且可以避免它去破坏物品。(《红袖》)

为了一棵歪脖子树而失掉整片森林，那是多傻多亏的事呀！(《皂香·上》)

有钱人才买得起房，有很多很多钱的人才能买得起好房或第二套第三套第N套房。(《皂香·上》)

许多人生的问题之所以让人忧愁和痛苦，仅仅是因为当事人没有找到一个从困境中自我解救的心理借口、一架说服自己的小梯子、一扇从中逃逸的门或窗户。从另外一个角度来说，在很多人看来，金钱是可以度量的东西，无论多么复杂的东西，只要能够通过金钱解决，立即变得简单。而感情，像风一样无法捕捉，它可以很值钱，也可以完全不值钱。另外，感情是双刃剑，它可以成为你追求的目标，同样也可以成为伤人的利器。(《皂香·上》)

笼鸡有食湯刀近
野鶴無粮天地寬
有時候人們對自由的理解与渴望还不如一只鸡一只鳥
浮石

● 笼鸡有食汤刀近，野鹤无粮天地宽。有时候人们对自由的理解与渴望，还不如一只鸡一只鸟。

人是脆弱的，也是狡猾的，或者说是适应能力很强的，只要能给他一个理由，就没有什么不能做的事。(《皂香·上》)

人是脆弱的，也是狡猾的，或者说是适应能力很强的，只要能给他一个理由，就没有什么不能做的事。(《皂香·上》)

人是种很奇怪的动物，你越是强迫自己不去想什么，越是会不由自主地想什么；你越是禁忌什么，潜意识里越是有一种突破禁忌的冲动。(《皂香·上》)

不要问还在牌桌上的人的输赢结果，不要问还在股市中的人的输赢结果，也不要问还在情场上的人的输赢结果，因为牌局还没有散场，股市还没有收市，情场上的悲剧喜剧正剧滑稽剧也还没有落幕，谁吃掉谁，谁笑到最后，真的还不一定。(《皂香·上》)

习惯让人变得懒惰，自己不想改变，别人要替你改变，还挺难受。(《皂香·上》)

一个人被别人需要，被别人依赖，也许能在短时间内得到某种虚荣心的满足，却常常需要付出精神、精力与经济方面的代价，其实是很不合算的。(《皂香·上》)

人为什么会痛苦？那是因为我们想抓住太多东西却常常求之不得。人生在世，是不能要求万事顺心如意的，因为我们要得到的东西往往也是别人想得到的，你有了他就没有了，因此，别人就会阻止你得到。也就是说，在通常情况下，幸福往往必须建立在别人的痛苦之上。(《皂香·上》)

整体上来说，痛苦不在于我们现在的状态多么不幸，而在于比较，如果我们总是拿自己的不如意跟别人的如意比较，如果我们总是拿自己的失败跟别人的成功比较，我们又怎么会有幸福感呢？实际上，这个世界上比我们不如意、不成功、更痛苦的人，还有很多。多跟这些活得不如我们的人比较，我们的满足感、幸福感不就油然而生了吗？（《皂香·上》）

上帝说要有光。我说，其实我们每一个人，即便是排泄各种肮脏之物的动物，同时也是发光体，也要爱别人和为别人所爱。(《皂香·上》)

条件的变化可以改变许多东西，如果让一滴水超光速运行，它可以击穿飞机机身的钢板，更不要说充满无数变量的爱情了。又比如说，同样是水，即使坚如磐石，也可能滴水穿石；即使坚如钢铁，也可能在水的长期浸泡下锈迹斑斑。(《皂香·上》)

现在是什么社会？别说女人经不起考验，男人又经得起吗？这个社会已经不是一个人为了另外一个人而甘愿牺牲自己一丁点儿利益的社会。相反，这是一个人人只为自己考虑、只知索取不愿付出、都想占便宜、都怕吃亏被欺骗被伤害的社会。你一声不吭把我扔到一个没人管没人顾的境地，我不替自己考虑，不替自己找出路行吗？（《皂香·下》）

由游戏引起的低落情绪是很容易过去的，因为游戏可以重新开始。这就是游戏的魅力，也是它跟现实生活最根本性的区别。而现实生活就冷酷得多，你不可能同时去走两条不同的路，你也不可能两次在同一条河里洗你的脚，你在做出一种选择的同时，便放弃了别的机会。(《皂香·下》)

同样的思想问题放在白天和晚上会有不同的效果。白天人多事多，精力很容易被分散，问题也很容易被落实。晚上不一样，夜深人静的，冒出来的思想问题，会以一种执拗的、疯狂的劲头向纵深处发展，并呈现出阴森恐怖的狰狞面目。(《皂香·下》)

这是一个弱肉强食的社会，你本来就是一只小绵羊，却不得不装出一副

恶狠狠的样子。因为如果你以一副弱不禁风的样子示人，别人马上会把你吃得连根骨头都不剩。(《皂香・下》)

现在的年轻人早就不习惯吟诗作赋，奢谈做人的理想与信仰了，社会通过让他们吃亏的方式，将他们变得很现实，在这种情况下怎么办呢？只有立志在社会中混出个人样。而为了达到这个目的，他们甚至可以不择手段。(《中国式关系》)

在冷兵器时代，国与国之间的战争，总是跟争夺资源有关，人们之间的打架斗殴，其实也莫过如此。最实在的资源当属土地和地上的附着物、地下的储藏物以及由此衍生的各种权力。扩而大之，通俗言之，人类活动的原始动机，其实不过就是为了占有各种各样的地盘并在上面当家做主。(《中国式关系》)

社会转型时期，原有的价值体系崩溃，新的价值观念尚未建立，人们不仅信念迷失，失去了敬畏之心，也模糊了是非、好坏、美丑概念，越来越变得无所顾忌、自私自利。(《中国式关系》)

在精神荒芜的田园里，人们是无路可循的，也因此到处都是路。但是，选择一个方向走下去，可能直奔光明，也可能身陷泥淖，还可能疲于奔命到头来还是在原地打转转。不知所措的人们，确实需要信念的指引。(《中国式关系》)

社会包容性越来越强，无疑是时代的进步，只可惜，这种包容性很大一部分却是出于社会健康积极的力量的退却与无奈。这就足以让社会的良知和责任感感到焦虑了，也就是说，社会已经有了重建价值的需要。(《中国式关系》)

当情感出轨、道德沦丧和社会种种的不公平已经司空见惯，证明这个社

会自我净化的功能已经大大地减弱。这种情况会令自甘堕落者欣喜若狂，而任何一个有良知的人都会感到焦虑。(《中国式关系》)

狗就是狗。你称它为崽，它并不是真的就成了你的儿子。毫无疑问，它妈是一条狗，它爹是另外一条狗。而狗的适应能力是很强的，你把它当宠物的时候，那种金贵也只是在你心里，你暂时离开它的时候，对它来说，可能受到的影响，不过是吃喝拉撒习惯的稍微改变。当然，这是我的推测，它真正的感受我是不知道的，原因很简单，我不是一条狗。(《中国式关系》)

按照人类的标准，动物可分为好的与坏的，比如说好鸟与坏鸟、益虫与害虫等等。其实，在动物们看来，人只是暂时性地分为两类：剥夺自由的豢养者，消灭并消费肉体的杀戮者（很多时候，人会忍不住按照对待动物的方式对待同类）。（微博）

何谓新旧社会两重天？比如说，以前看破红尘只有一条路——出家。现在看破红尘不仅起码有两条路——出轨和出国，还可以通过出家而入红尘。所以，活在当下很多人真的很幸福。（微博）

奢侈品以人的动物性为市场支撑，满足的是人类腐朽、丑陋、变态的劣根性，其本质是一种贵族化的极小众文化。它将财富与某种物品夸张到作为人的等级标准的程度，是一种企图通过物品而对人进行控制与分类的倒行逆施。人对高品质的美好生活的追求应该放在对艺术的迷恋之上，那才是一种极具个性的精神张扬。（微博）

我们总是心里埋怨俗务缠身，殊不知所有的俗务都是生活的一部分。我们能拿一段一段的时间专门去干一件所谓超凡脱俗的事情吗？比如说爱情或自己喜爱的某项工作？我觉得不能，因为即使两个再相爱的人、再有事业心的人，也要吃喝拉撒，也可能生病感冒失眠，关键在于心态。其实，这世界上没有俗务只有俗人。（微博）

每个时代都有它自身无法解决的问题，政治家的任务是用他的智慧平衡各种利益集团的关系，从而使社会稳定。最容易被忽视的是底层民众的利益，因为它缺乏真正的代言人而更像是一盘散沙，但沙子其实是所有宏伟建筑必不可少的材料。《心理操控术》中说，群体既可充当刽子手屠杀生灵，也可以如烈士般英勇就义。（微博）

以前说十几二十来岁是人生观的形成时期，现在四五十岁六七十岁的人还在为生活的目的而茫然。这也算是一种中国特色。（《皂香·下》）

先拼命挣钱，把身体搞垮了，再花钱买药吃，这就是现代人的怪圈。现在的教育也是这样，因为要在社会上打拼而顾不上孩子，等孩子出现问题了，再花更多的时间和精力去纠正。可是，孩子不是积木，不是我们喊搁哪儿就在哪儿老老实实待着的，这真让人为此忧心忡忡。（《青瓷》）

罪恶感算得上是人类自我拯救的一种基因。对绝大多数人而言，罪恶感让他忐忑不安，欲除之而后快。消除罪恶感的方式有三种：一是不再作恶；二是大量行善；三是将谎言合理化，让自己和他人相信他在从事一项伟大的事业因而可以不择手段。可世界上有伟大的事业吗？也许只有用漂亮的谎言精心包装的膨胀私欲。（微博）

没有主题就没有方向与目标，但没有必要每时每刻都唠叨着你的方向与目标，要让观众看到沿途或绮丽或险峻的风景。（微博）

世界末日没来，但对有些人来说，一定发生了堪比世界末日的事，幸好还有新的一年值得期待。其实，生活的意义除了对世界、他人和自身的认识，还有就是以怎样的态度面对世界、他人和自身。生命有限，没有理由不想一些高兴的事，过好每一天。（微博）

时间像足球，有时候在空中飞着过，有时候在地上滚着过，但无论如何，该过的总是要过，该来的也总是要来。（微博）

时间是最锋利的刀片，总是把最美好的东西划得遍体鳞伤；时间是最好的消炎药，总是能让最残不忍睹的创伤得以愈合。（微博）

·圈子能立人也能毁人·

古人云，敬君子而远小人。什么意思？就是宁可得罪十个君子，也不要得罪一个小人。因为君子做事光明磊落，讲究公平竞争，一诺千金，即使与你为敌，也不会耍阴谋诡计。小人就不同了，他们不择手段、强词夺理、背后使绊、纠缠不休、斩尽杀绝。

决定姿态与品格的因素有两个，一是遗传基因，二是环境的影响，包括脚下的土地、风雨阳光和我们的邻居。一棵树很难有千姿百态，但每棵树都有各自的精彩，活出自己是最大的美好。

从众是圈子生存规则

与人交往，第一印象太主要了，你做的某一件事，说过的某一句话，甚至一颦一笑一个眼神，都可能不经意间给别人留下特殊的印象。以后，你想改变别人对你的印象，可能需要做一百件别的事，时间则需要几年甚至一辈子。更要命的是，你以为自己已经脱胎换骨重新做人，在别人眼里，不过是换汤不换药，骨子里还是那副德行。

李明启在社会上碰过几次壁之后，决定改变自己。他原来老想着改变社会，慢慢发现这个社会不是随便什么人想改变就那么容易改变的，能够适应它就很不错了。刚进报社那会儿，他像爆竹一样一点就着，碰到一些社会问题往往夜不能寐，凭着一腔热血激扬文字，挥斥方遒，以为靠自己的战斗檄文就可以唤醒社会良知，敢教日月换新天，结果怎么样？他的那些爱憎分明有棱有角的恢弘巨制，要么发表都很困难，要么雨点落到水里，偶尔泛起一点小涟漪，马上雨过天晴，世界该怎样还是怎样。

李明启吃了一堑又一堑，终于长了一智，开始承认个人能力有限，再也提不起精神做那种费力不讨好的事。社会是大家的，别人都想着在社会上捞世界，你一个人跳出来呐喊和鼓动，能够拉动时代的列车滚滚向前？

李明启思想观念的改变有冯老师的一份功劳，大概政治课上多了，冯老师在家庭生活中很少跟李明启摆实事讲道理，她只是“不经意”地提醒他，他的同学这个混得怎么样，那个混得怎么样，总是把不同的标杆树在那儿让李明启自己去比照。对于李明启回家之后关于工作方面的抱怨，冯老师听是听，但从来不给予过多的精神安慰。她说，这个世界没有人特意与你为敌，除非你硬是要站在别人的对立面。现在大家为什么讲双赢？就是因为这个社会已经变得很开放很包容，你死我活的斗争哲学已经没有市场了，人在社会中生存，就是要善于互相利用，各取所需，主观为自己，客观为别人。你就是自私点也没有什么关系，别人即使不理解你，至少也不至于不理你。因为人人都是自私的，你有别人都有的毛病，别人也就不会把你当成异己。但是，你要是整天摆出一副忧国忧民的士大夫架势，处庙堂之高则忧其君，处江湖之远则忧其民，别人就会把你当怪物或者神经病，你以为你是谁？ .

在社会和家庭的双重压力下，李明启明白了一个道理：你不要以为自己是谁，你就是你，一个脑袋一个身子两条胳膊两条腿的普通人，你混得好不好，取决于你在集体或圈子里的位置，你有话语权和影响力，你才有可能活得滋滋润润。

（《红袖》）

哪个背后無人說哪个背后不說人、世间有人
謗我欺我辱我笑我轻我贱我騙我、我該奈何、
拾得說、你且忍他耐他讓他避他不要理他、
再过几年你且看他
甲午正月浮石

哪个背后无人说，哪个背后不说人？世间有人谤我欺我辱我笑我轻我贱我骗我，我该奈何？智者说，你且忍他耐他让他避他不要理他，再过几年你且看他。

段子

许多生意人讨生活的圈子，是一个是非圈子，深入其中就难免牵扯出许多利害，关系也就复杂了起来。走得近了，就成了帮派；走得远了，又生嫌隙。一个好汉三个帮，没有人帮怎么行呢？现在已经不是单打独斗跑单帮的时代了，你再聪明，再有能力，就是一条龙，也会让你变成一条虫。反过来讲，人帮人却能够使人成为龙。但真正去做，却又难免不出纠纷。要是人不投缘，或者看错了人，拉帮结伙就无异于蝼蚁之聚，忙忙碌碌，来来往往，耗时费力，到头来也还是一场空。别的不说，如果在一个错误的时间和地点，跟一个错误的人哪怕只讲了一句错误的话，说不定就把另外一个什么人给得罪了。你得罪了人还不知道，人家又不会当着你的面来解释，来找你求证，只会默默地记在心里。可是，在有机会拿到业务的时候，你就等着瞧吧，你只会眼睁睁地看着别人拿走。你以为挺有把握的事情，永远差那么一点点火候，这里搞好了，那里又会出问题，你像上了跷跷板一样，被支使得上窜下跳的，累死累活大半天，却仍然不知道玩你的是谁。(《青瓷》)

其实，生活也好，生意也好，就是网，就像河流冲积而成的网状淤地，雨露滋润，土地肥沃，上面长了草、开了花，还有各种各样的农作物、经济作物、观赏植物，看上去很美。哪里是安全的哪里是不安全的，哪些人是安全的哪些人是不安全的，还真不好说。有的人，也许一辈子都是安全的，因为脚下的那块土地，经营良久，日积月累，早已根深蒂固。有的人，表面看来到处莺歌燕舞、左右逢源，其实恰恰危机四伏、险象环生，因为常在河边走，难免不湿鞋。那些花呀草呀的下面，是一些沼泽、淤泥，承受不了日益膨胀的欲望的重量。总而言之，陷阱处处，也总是机缘四伏，就看你是不是

善于在边缘行走或者轻舞飞扬。(《青瓷》)

男人经商难，女人要是鬼使神差入了商界，要不了多久，会比男人更深刻地体会到其中的酸甜苦辣。(《红袖》)

在很多时候，隐权力甚至比正式权力更为管用。因为隐权力既不受正式权力结构的层级限制，又可以随意越过正式权力的横向边界。隐权力自成体系，有自己的隐秘来源，有自己的权力地盘，有自己的传递管道，与正式权力系统相互嵌接，又各自为政，共同规划着权力空间。(《中国式关系》)

隐权力并非由科层结构设定，而是由人情关系创造出来的，一个人情关系网络就是一个重要的权力源，从中可以假借隐权力，壮大自己的实际权力值。需要指出的是，关系网络并不是隐权力的唯一源泉，个人的威望、社会动员力、私自窃取的造福或加害能力等等，都可以形成隐权力。(《中国式关系》)

隐权力的权值取决于个人在关系网络中的亲疏差序。隐权力系统的生成，使得公共权力的获得不再取决于制度的安排，而是看你是否有关系、有背景、有后台、有门道、有面子、有人情。隐权力与本人的官阶、品秩没有直接关系。同样的官位，在不同的人手里，所产生的隐权力可能是不一样的；同一个人，职位不变，但置身于不同的关系网络，所获得的隐权力也是不一样的。(《中国式关系》)

在怎样把生人做成熟人的问题上，其实很简单，一是找人引见，一是自己多活动。(《中国式关系》)

引见是一种信用转移，在被引见者的心目中，立即成为一种信用，他会习惯性地思考，引见者与主角关系一定非同一般，一定值得信赖。当然，也不宜把这一作用夸得太大，从而产生介绍依赖。因为介绍人的作用也就是把你领进门，怎样建立关系还得靠自己。不管怎么样，关系是靠混出来的，最基本的要求就是要经常联络，经常见面。(《中国式关系》)

要让一个人信任另外一个人，依赖另外一个人，无非两手，一手吓二手拉，两手都要硬。一个人在被恐吓的时候是最孤独无援的，哪怕是一根稻草也会死死抓住不放，如果这时施以援手拉对方一把，那你就不是占便宜的人，而是解放对方的救星。江湖游医就是这么做的，邪教教主也是这么做的。(《皂香・上》)

几乎所有人在前进的道路上都不会一帆风顺，总会遇到一些阻力甚至一些阴险小人。阴险小人怎样行为处事你是不好猜度和防范的，他们善于创造性的思维，说不定就会在你的私生活问题、婚姻家庭问题上做文章，攻击你、中伤你。(《皂香・上》)

每个人都有自己生活的圈子，所谓物以类聚，人以群分。圈子里的人是可以互相影响的，大家都在做的事，你不做，一两次可以，时间长了肯定不行，你一定会被排挤掉。(《皂香・上》)

当你的微博粉丝超过 1000，你就是个布告栏；超过 1 万，你就像一本杂志；超过 10 万，你就是一份都市报。虽说微博限定每条最多 140 字，却也能直抒胸臆，被别人关注，也能在微博中获取网络民意。总之，微博已经逐渐成为舆论传播的重要形式之一。(《皂香・下》)

所谓以偏概全、一叶障目，是说人在与人交往中最容易犯的错误有两个：一是因为某个人的某个优点而认为此人什么都好；一是因为某个人的某个缺点而认为此人一无是处。(微博)

宝盖头下是豖为家，宝盖头下是牛为牢。这是不是说，你是做猪还是做牛，决定了你是拥有温暖的家还是终生逃脱不了牢狱之灾？关于猪的关键词

是吃喝拉撒睡，关于牛的关键词是倔犟苦劳逼。（微博）

我们总是很容易与带给我们快乐与幸福的人相处，我们也总是很容易爱上他们。但生活中，常常有与我们关系密切、血肉相连、难以割舍的人，偶尔也会让我们感到恼火、讨厌，如何跟他们相处，需要的除了爱，更应该有宽容、妥协与技巧。（微博）

·人在江湖，规则第一·

做生意的人最大的心理忌讳是什么？一是不懂得随机应变，情况发生了变化，却还在用老套路，不一条道上跑到黑才怪；二是意气用事地把生意的另一方当敌人。因为如果情绪大于理智、意气用事起来，就会容易迷失方向，结果必定是一损俱损，只能双输，而不可能一方赢一方输。

想吃的吃不到
不了一根小小的
的
鷹
命運
變
得悲慘人其實還
不到哪兒去吃什麼誰能想吃
什麼就吃什麼想睡到
哪兒就睡到哪兒可能嗎
想栖的栖
鉄鎖鏈使貓頭
禁錮人類的往往不是鎖鏈而是我們的思想
甲午陽春

想吃的吃不到，想栖的栖不了，一根小小的铁锁链使猫头鹰的命运变得悲惨。人其实强不到哪儿去，谁能想吃什么就吃什么，想睡到哪儿就睡到哪儿，可能吗？

门道

做生意就像谈恋爱，积极主动的一方表面上看起来好像在掌握事态的方向与进程，其实不然。因为这是两个人的事，被追求的一方，反而可以按兵不动，见机行事，以守为攻，变被动为主动。张仲平从事拍卖活动时间长了，知道围着自己转的买家十有八九是真买家，他跟你发展私人关系只是为了在拍卖的过程中得到你的帮助，从而取得跟别的竞买人所没有的优势。同样是竞买人，如果有可能的话，你帮谁？当然是帮跟你走得近的人。问题是现在还没有到这一步，张仲平还得担心在争取拍卖委托的环节上出问题。所以，张仲平既要让胡海洋感觉到自己领他的情，愿意帮他，还得对他有所控制，起码不能让胡海洋知道自己的底。如果胡海洋知道自己这里也还八字没一撇，会不会同时想别的办法就很难说了。俗话说不能在一棵树上吊死，一个成熟的商人应该留有后手，应该起码有另外一套备用方案，这是张仲平不能不考虑的。

（《青瓷》）

段子

江湖是每个人的江湖，不是你们家的洗澡盆，那是要讲规矩的。在江湖上混，得有善念。任何一个心存害人之心的人，最终肯定会伤害到自己，会死得很难看。（微博）

谁要是经历过没有钱的滋味，就不会假模假样地装清高，视金钱如粪土。爱不爱财不是区分君子和小人的标准。这个社会就是这样，男人的所谓气质、气势、气派，至少有百分之八十是靠金钱财富支撑和装点的。（《青瓷》）

现在做生意的人，谁不希望平平安安的？竞买人当然希望买得便宜，但更希望买得安全，否则，光便宜有什么用？谁都知道，有些麻烦解决起来，耗的钱财、时间、精力，没有一个底。（《青瓷》）

做生意就像谈恋爱，积极主动的一方表面上看起来好像在掌握事态的方向与进程，其实不然。因为这是两个人的事，被追求的一方，反而可以按兵不动，见机行事，以守为攻，变被动为主动。（《青瓷》）

中国的事儿就一个理，不能不出格，如果不超常规，你根本就没有机会赚钱。但又不能太出格，否则，木秀于林风必摧之，就有可能成为众矢之的，就有可能被枪打出头鸟。（《青瓷》）

我们每个人背上都有一个无形的包袱，里面装着所谓的理想呀、目标呀、责任心呀、道德感呀、各种各样的欲望呀、私心杂念呀等等之类的东西。这个看不见的包袱是弹性的，你可以不断地往里面塞东西，也可以不断地从里面把东西掏出来扔掉。为什么有些人被压死了，或者被压成了驼背，有些人仍然腰板挺直成了铮铮汉子？就是因为每个人往背上的包袱里塞的东西，和从包袱里掏出来扔掉的东西截然不同。什么叫拿得起放得下？其实就是给自己找台阶。这个台阶让你上的时候你就可以上，让你下的时候你就得下。(《青瓷》)

这个社会，一个人干不了什么事，得整合资源。(《红袖》)

有些事是急不得的，都想走捷径，用最小的成本获得最大的回报，容易把人的心态弄得浮躁。(《红袖》)

在中国做老板容易很多，稍微夸张点说，很多情况下并不需要多少专业知识与技能，特别是一些跟政府部门打交道的老板，做人比做事更重要。你要是只会做事不会做人，就可能很难获得商业机会，更不要奢望做大、做强。相反，你要是善于沟通，会讨某些领导的喜欢，得到了他的赏识，你就不用担心没有生意做、没有财发。(《中国式关系》)

中国的事情很复杂，很多事情就是这样，做得说不得，或者说得做不得。但是，中国人又极懂变通之道，混得开的人往往是圆滑的人，不会被尿憋死——不能公开做的，可以藏起来做；不能这样做的，可以换个法子，照收异曲同工之妙。(《中国式关系》)

“人在江湖，身不由己”，这句话里的江湖，既指官场，也指商场；既指名利场，也指感情场，其外延包括了所有人类赖以生存的社会环境。在这里，面子已越来越具有交易工具的功能，那种“世事洞明，人情练达”的人，往往就是对面子规矩心领神会、运用自如的人。(《中国式关系》)

王文元先生认为中国历史上很少有“德政”的黄金期，原因之一是因为没有宗教的制约。因为没有高于人的力量的制约，人就很难控制自己的行为。对此我却不敢苟同，因为如果把希望寄托在神身上，我们将只能得到精神安慰而得不到实际的救赎。是的，人无敬畏之心，必定胆大妄为。与其让“无神论”者敬神，不如让心怀鬼胎者怕光。那么，光又是什么？光是使缔约方遵从契约与共识的强制力，是法制的力量。(《中国式关系》)

慈不带兵，善不行商，一个做生意的，不奸不诈能发那么大的财吗？(《皂香・上》)

法律的庄严与威慑不在于惩罚条例制定得多么严酷，而在于能在多大程度上减少违法犯罪者逃脱的几率。反过来说，你尽管违法了犯罪了，如果被抓住的可能性极小，你就会越来越胆大妄为，视法律为儿戏。(《皂香・上》)

是的，出来混，说复杂就复杂，说简单也简单。复杂就不说了，说简单，一句段子就够了：就是表扬了指鹿为马的，提拔了溜须拍马的，累坏了做牛做马的，整死了单枪匹马的。(《皂香・上》)

不要在一件别扭的事上纠缠太久，因为纠缠久了，你会烦、会痛、会厌、会累、会神伤、会心碎。实际上，到最后你不是跟某件具体的事过不去，而是跟自己过不去。无论多别扭，你都要学会抽身而退。(《皂香・上》)

色字头上一把刀，如果纵欲过度，说不定哪天武功就给废了，那不成太监了吗？活着还有什么意思？（《皂香・上》)

在面临上升机会时，总会有人提醒你必须尽快结束单身汉的生活，因为那不是一个成年人应该有的正常状态，会给用人者一种你还在晃晃荡荡没有着落的印象，这严重影响他们对你委以重任。因为躲在暗处的小人可能会煽风点火，说一个连家都没有的人或者连家庭都经营不好的人，怎么能够管理好一家单位呢？连古人都知道修身齐家治国平天下的道理哩。(《皂香・上》)

对弈图
人生如棋 生意也如棋 需要不斷地挑战他人与自己 人生不如棋 不可能意氣用事 随便起身拂袖而去 记住围棋十訣 善於审時度勢則事业可成也
一不得貪勝 二入界宜緩 三攻彼顧我 四棄子爭先 五舍小就大 六逢危須棄 七慎勿輕速 八動須相應 九彼強自保 十勢孤取和
甲午新春 澤石

人生如棋，生意也如棋，需要不断地挑战他人与自己。人生不如棋，不可能意气用事，随便起身拂袖而去。记住围棋十诀，善于审时度势，则事业可成也。一，不得贪胜；二，入界宜缓；三，攻彼顾我；四，弃子争先；五，舍小就大；六，逢危须弃；七，慎勿轻速；八，动须相应；九，彼强自保；十，势孤取和。

现在找人借钱是一件很难的事，要么凭信誉，要么有抵押。(《皂香·上》)

无情未必真豪杰，怜子如何不丈夫？真正伟大的人物从来都是不拘小节的，他是游戏规则的制定者，不会被任何现存的规矩所束缚。(《皂香·上》)

无效合同是指合同虽然成立，但因其违反法律、行政法规、社会公共利益，被确认为无效。它不具有法律约束力，不受国家法律保护。无效合同从一开始就是无效的，以后也不能转化为有效合同。无论当事人已经履行，或者已经履行完毕，都不能改变合同无效的状态，无须当事人主张即产生无效的法律后果。(《皂香·下》)

法律对循规蹈矩者也许是没有用的，但一个人一旦开始动歪脑筋，最好旁边能有个人好好吓唬吓唬他，让他知道违法乱纪可能受到的惩罚，以便让他自己决定该不该铤而走险。(《皂香·下》)

不是每个老板都利欲熏心、丧失做人的道德与良知的，但这是一个劣币驱逐良币的社会，生存压力逼得每个人只能昧着良心，否则，他分分钟就会被同行挤垮。(《皂香·下》)

人得对自己好一点，你要先对自己好，才能指望别人对你好。(《皂香·下》)

做菜讲究色、香、味、型，不是把菜做熟了就行，除了勤学苦练，还得多用心。与人交往也是这样，相比于圆滑、投机取巧，大家还是更愿意跟那些用心做事、用心做人的人交往的。(《中国式关系》)

从人性的劣根性来看，每个人都有当贼的冲动，为什么不是天下皆

贼？因为当贼被捉的滋味实在不好受，为了避免惩罚，只好不做。(《中国式关系》)

人们殚精竭虑地考虑与经营着美好的生活，努力回避着真实的生存。而所谓美好的生活，必须建立在自我矮化、自我欺骗、自我阉割的基础上。此时此刻，生活需要的技能不过是自我调侃与仰人鼻息。而对人的认识，甚至一句话就可以讲清：以小人之心度伪君子之腹……（微博）

宽恕别人其实是在变相地爱自己。聪明人总是会给别人台阶下，因为你的谦让其实是在让他替你挪地方，将会使你的道路变得宽广。（微博）

答应别人的事，做到了，是本分；做好了，能获得别人的尊重；做不到，一次两次三次，别人只会把你当成一个屁。（微博）

西方文化讲丛林法则，弱肉强食、个人英雄；中国文化讲江湖规矩，拉帮结派、打家劫舍。丛林法则更讲究对外扩张，江湖规矩却不能长期有效地防范窝里斗乃至兄弟反目。（微博）

在很多物种中，均有等级与分工，人更是如此。人们为了生存，为了取得和维护自己的社会地位，总是在不断地竞争、威胁和不断地自我维护与自我超越。（微博）

废除一种东西有两种方式，一是彻底废除，二是考虑它之所以存在的合理性，充分认识它的弊端，用技术手段改良之、根除之，使其升级换代。一般来说，前者叫革命，总是要流血；后者叫改革，总是要时间。（微博）

每个人都按照趋利避害的原则为人处世，难免会有利害冲突。因此，公平正义原则最为重要，社会应该树立是非观念与奖罚机制。如果全靠个人去处理恩怨情仇，社会将沦为江湖，丛林法则将会大行其道，其最终结果是没

有一个胜者。（微博）

人内心有守规矩和叛逆两种倾向，当不守规矩者得到好处而且免于惩罚时，谁再守规矩就会成为傻瓜，要捞到好处只有更加不守规矩成为叛逆者。就像排队，如果插队没人管，队伍就会乱，首先沾光的是流氓地痞，老弱病残只能一边待着，这是一种丛林法则。但流氓地痞会碰上更大的流氓地痞和黑社会，最终输赢难料。（微博）

战争是最具破坏力的最后的手段，只有拥有强大的军事力量，才能有效地实施经济、外交的手段，这是强者的世界，对人来说如此，对一个国家来说也是如此。当你足够强大的时候，自有人对你趋炎附势，唯你马首是瞻。（微博）

从来，胆小鬼总是被人讥笑与唾弃的。但从哲学与生物学的角度来说，恐惧既是一种求生的本能，也是一种延续生命的技巧，是对危险的天然规避。反对的意见是，饿死胆小的撑死胆大的。我的意见是，这话不过是说出了两种不同的死法，战场上冲到前面的最有可能成炮灰。胆大必定妄为，妄为最有可能迷路、落入陷阱。（微博）

在人生中，我们常常要因为一点小事而耗费大量的精力，有一种人天生只能跟善良的好人打交道，如果能离开难缠的小人，任何代价都是可以付出的。（微博）

做坏人并非必须有恶报，结果，反而会很有效很得利；做好人不一定有好报，甚至要受委屈，要付出代价与成本。一些刚入社会的人，常常为是做好人还是做坏人而纠结，盖因社会的游戏规则出了问题，争做坏人的多了，必然导致做坏人的成本增加和做好人者的极度不满，劣币驱逐良币的必然结果是对劣币的痛绝与抛弃。（微博）

人的本性并不一定要得到天然的尊重，不能由着性子来。比如说好逸恶劳是人的本性，但如果放纵这种本性，社会不会发展，个体只会堕落。（微博）

揭露秘密是掩盖真相的最后一种方式，有点危险，但比较刺激。（微博）

自由会让你做很多事，不分好坏，只要对自己有利的，都敢做，这很危险。做人应该懂得两害相权取其轻的道理，碰到让自己睡不着觉、睡不好觉的事，要懂得放弃。我们不一定要逼自己做好人好事，但起码应该告诫自己，别做坏人坏事。在大善大恶之间，总有中间的路可以走。（微博）

人性由动物性与社会性构成，动物性体现的是人的欲望与放纵，社会性体现的是人的理性与戒律。（微博）

·无形之网·

每个人从他出生开始便拥有了各种关系，然而，中国人在几千年文化浸润中所形成的人情关系则是温情的、润滑的、诡异的、神秘的、说不清道不明的，很难用几句话解释。在错综复杂的关系中，为什么有的人寸步难行，有的人却又能如鱼得水？这是因为，关系是死的，关系又是活的。

几千年以来守株待
兔者总是被人嘲笑着
就因为他把偶然当
成了必然
现在流行另一种说法
因为傻逼所以牛逼
社会太浮躁
人太聪明
唯有强大的内心
才能让人
新
守株待兔
坚持那些被认为是愚蠢和
可笑的东西
癸巳岁末新阳
浮石写并记之

几千年以来，守株待兔者总是被人嘲笑着，就因为他把偶然当成了必然。现在流行另一种说法，因为傻逼所以牛逼。社会太浮躁，人太聪明，唯有强大的内心才能让人坚持那些被认为是愚蠢和可笑的东西。

一人得道，鸡犬升天

什么是哥们儿？一起扛过枪，一起下过乡，一起同过窗。社会上流行的段子对哥们儿的定义，就是这样下的。张仲平不得不承认，这种民间文学具有惊人的概括性和准确性，也正因为这样，他才一点也不敢掉以轻心。侯昌平有别的哥们儿没有？他会有多少复杂的社会关系？那些搞拍卖的同行，又有多少复杂的社会关系？这些都是不确定因素，如果跟侯昌平没有一点感情基础，怎么好轻举妄动？

真是鸡有鸡道，狗有狗道。做法院的拍卖业务，最需要的就是钻山打洞的本事，必须想方设法搞好跟法官的关系。哪家拍卖公司不是从案源上抓起的？有了一点线索，就得牢牢盯上，又不能蛮干，否则，只会欲速则不达。侯昌平既然那么看重儿子，为他儿子安排拜师学艺，应该是一个比较好的创意，没准儿会事半功倍。张仲平对侯昌平一提，侯昌平果然来了精神。

自己的孩子没工夫管，却得替别人的孩子操心，这种事说出来唐雯还不一定能理解，张仲平自己倒是看得很透彻。伟人不是说过吗？要奋斗就会有牺牲。再说了，这也不是什么让自己委屈的事，别人还不一定能够想到这个主意呢！

（《青瓷》）

段子

人是社会关系的总和，在现实中生活，总是免不了被各种各样的关系包围。在家庭之外，每个人或多或少、或疏或密都要面对各种官商关系、上下关系、男女关系。(《中国式关系》)

人是社会关系的总和，趋利避害是个体的本能。而作为社会人，关系的本质是利益交换。利益交换是有规则的，有些规则是明的，有些规则是暗的、潜的。不得不说，这里面真是大有乾坤。找关系拉关系托关系攀关系搞关系，既是生存的法则，又是发展的利刃。你可以不喜欢，却不能不了解。(《红袖》)

说人是社会关系的总和，一是说我们每一个人都生活在各种各样的关系交织的网络之中，人离不开关系，就像鱼儿离不开水，瓜儿离不开秧。另外一说，一个人社会关系之和的大小，与他的能耐、成就、行业地位、影响力、话语权成正比。(《中国式关系》)

我们的日常生活，就是一个不断地找关系、托关系、拉关系、攀关系的过程，简称搞关系。生命在于运动，关系在于运作。有段时间有个口号，干脆就说关系是生产力。不搞，关系不能无中生有；不搞，有关系也可以变得没关系。(《中国式关系》)

所谓关系，通俗地说，是指遇到什么困难或发生什么重大事情时，总是首先被想起、被委托、被依靠、被利用的那些往来密切的亲戚、朋友和熟人，通过他们的关照、帮忙、走后门（捷径）、搞潜规则，往往就能把事情搞掂，趋利避害。这里，有奶就是娘，抓得住老鼠就是好猫；这里，最基本的价值取向就是是否有用、有效。当然，帮你把事情搞掂的不会白帮忙，总会得到回报。这种回报可能是现时的，也可能是预期的；可能是物质的，也可能是精神的。总而言之，搞关系的本质是交换，通过互通有无满足各自需要。(《中国式关系》)

关系做得好，关系网就会越做越牢、越做越大，证明一个人的门路越多、能耐越大、势力越广、影响力越强，活得也就越成功、越滋润，就总能举重若轻、左右逢源、条条大路通罗马，并获得更大的权力、更多的财富和更响亮的名声。(《中国式关系》)

我们也应该清醒地看到，在一个地球变成村落，世界是一个平面的现代社会，如果继续由关系网大行其道，江湖化肆意泛滥，也是很危险的。因为只有当正式制度松懈、社会管理部门严重失范的时候，潜规则和搞关系才有广阔的腾挪空间。而一个真正强大、和谐、幸福指数不断上升的社会，一个要想实现民富国强、建立公平正义的社会，一个企图让中华民族重新屹立于世界民族之林的社会，在人文精神方面，崇尚的决不应该是被人情世故浸泡的关系和庸俗关系学，而应该是自由、平等与法治，是社会公民意识。(《中国式关系》)

像矿藏一样，人脉资源也有贫富之分，并不是所有的人脉资源都必须进行开发，因为那将付出极大的时间、精力和经济成本，是完全没有必要的。开发人脉资源首先要探矿、找矿，做认真仔细的鉴别与筛选，一是看它是否具有开发利用价值，二是看是否能将之变成实用、好用的关系。这就必须考虑投入产出的性价比问题。(《中国式关系》)

在生产力水平低下、自给自足、与世隔绝、简单均一的农耕文明时代，也许能够勉强做到无为而治，但这样的时代早就一去不复返了。在当下社会，穷则独善其身，达则兼济天下，不过是害怕入世、害怕市场竞争的托辞与心理安慰。(《中国式关系》)

关系越多，证明你越吃得开，也就会越被人重视，在跟人交往中，就越容易占主动地位，控制局面。(《中国式关系》)

展示关系不是目的，而是为了获得利益。根据利益的大小，决定某一关系是否需要进行开发，有用的就交往，没用的就疏远。(《中国式关系》)

应酬、串门、往来、联络、聚会、送礼和宴请，是建立和维护关系必须付出的成本，而利益，才是你真正追求的回报。承认这一点，证明你起码还算是一个真实的人。(《中国式关系》)

随着时代的发展，人们的生存压力越来越大，升官、发财的诱惑也就越来越大。现在，已经很少有人对拉关系持真正的鄙视态度了，有也是口头上的，内心里无不承认拉关系的重要性。(《中国式关系》)

有很多拉关系的高手，一开始并不把目标锁定在要搞定的对象上，而是采取策略曲线救国，从目标对象的老婆孩子身上下手。这是很有道理的。首先，现在反贪腐的声势与力度越来越大，目标对象的警惕性很高，正面进攻很难在短时间内取得成效。其次，把功夫花在人家家人身上，功利目的必须先隐蔽起来，打的是感情牌，可以起到润物细无声的效果。一旦目标对象的家人对你有了好感，就会帮你吹风，风吹得多了，目标对象的耳朵根子就会软起来，你再去找他，十有八九会对你笑纳。(《中国式关系》)

人是有感情的动物，而感情是可以打动人的。当然，人也是有功利之心的，但功利之心是很容易被理解与被接受的。只要你为目标对象的父母或老婆或子女很用心很卖力地做一些对他们胃口或满足其需求的事，便迟早会让他觉得欠了你的人情。欠下的人情总是要还的，他什么时候开始这么想，你求他的事就好办了，你们的关系也就拉起来了，也就铁了。(《中国式关系》)

在交通事故现场，按照正常的处理程序，大家通知交警和各自的保险公

● 佛在人心中，拜佛即拜己，但我们每个人都有脆弱的时候，我们总是忍不住希望获得某种神秘的启示或力量，以使自己得以解脱与拯救。说到底，拜佛不过是一种更高层次的自我激励。

司就可以了。偏不，常见的情景是这样，大家都躲在车里或跑到马路边上，打电话找熟人，以便代替自己来处理这些棘手的事，企图把本来是责任事故的认定与承担，变成各自背后关系势力的博弈。(《中国式关系》)

托关系表面上看来是一种人情往来，实则是一种资源交换和利益交换，只是这种交换关系披上了温情脉脉的人情外衣，显得不那么直接和俗气而已。(《中国式关系》)

委托人托关系求人办事，必须出卖自己的面子，一个没有面子的人，想把事情委托出去，那是很困难的。如果委托人分量不够，则可以许以承诺，以加重自己的砝码。这种承诺大致又分为两种，一种是事前送礼，另外一种是事后感谢。(《中国式关系》)

在一个日常社会关系被政治化的社会里，信用、信任尤其重要，足以抵消陌生人之间越来越强的心理戒备。为什么说朋友之间好办事？因为彼此不仅可以把事情变成一种责任，还可以是一种互相需要。(《中国式关系》)

一般情况下，一件事最好只有一个被委托人，如果那件事相当复杂，或者你感到最初的被委托人搞不掂，通过关系找到了更合适的被委托人，这时最好把新情况告诉最初的被委托人。(《中国式关系》)

通过托关系，就可以将需求信息，附带成本支付意愿播散开来，以求寻找到最合适的被委托人（或中间人）人选。这个过程或行为类似于结网或撒网，所以，关系网的“网”字，在很大程度上来自“托”的机制，正是“托”才造成了网状的传递。(《中国式关系》)

如果拉关系、托关系更多的是在同一级别、同一层面横向运作，攀关系则是在谋求向更高层次的发展；如果拉关系、托关系更多的是为了就事论事地解决某一个具体问题，攀关系则是为了进行新的人脉资源开发和贮备，是着眼于未来的，因为那个你准备下功夫攀上的关系，是有可能成为你生命中

的贵人的。(《中国式关系》)

要把关系攀到有权、有势、有钱的贵人身上，不是一件容易的事，因为你对他有需求、有期待，他对你却没有需求、没有期待，或者说他对你的需求和期待，很容易就能找到替代品，你们之间很难产生双方内心的相互认同。更多的情况，容易产生“剃头担子一头热”，你认为是关系，他认为不是，更有甚者，会把你的攀附当成是一种麻烦。(《中国式关系》)

在餐桌上，即使不看坐的位置，那个获得恭维话最多的人、那个被吹捧得最多的人、那个大家竞相把笑脸朝他送过去的人、那个被体贴照顾得最多的人，肯定是当时餐桌上级别最高的人。(《中国式关系》)

利用价值体现在很多方面，男的不一定要行贿受贿，女的不一定要投怀送抱，有时候，能够办事就行。最需要注意的是不能索要回报，千万不能给人家添麻烦、讲价钱，要把替人家办事变成天经地义的事，让他在潜移默化中自然而然地习惯于你的犬马之劳。你的最高境界，则是把他服务成残废，让他从此再也离不开你。(《中国式关系》)

每当我们要去办一件什么事情的时候，首先想到的不是法律法规章程制度，而是能不能找到熟人、找到关系。我们每一个人就生活在一张巨大的无形的关系网中，想挣脱也挣脱不了，真要挣脱，则无异于遁世，恐怕会像一颗尘埃一样无所依附，那种巨大的虚空反而会把整个人吞噬。(《中国式关系》)

有关系好办事，已经成为人们的共识。有关系的人被认为是有能力的人，混得好、吃得开、如鱼得水、左右逢源。可是，大家虽然都对关系顶礼膜拜，怎样建立关系，怎样维系关系，却有段位上的差别，就有被培训的需要。(《中国式关系》)

人际关系是很难处理的，因为人与人之间总是难免有利益冲突与利害权衡，但不管怎样，处理人际关系还有技术手段可以依靠。真正难以处理的是跟你自己的关系，因为你是个矛盾体，总会有完全相反的理由把你拽向不同的方向，让你左右为难、纠结、分裂与痛苦，除非你能充分享受寂寞与孤独，视平凡为安逸与幸福。（微博）

要敢于把关系挂在嘴上。你有些什么关系，你不说，别人就不知道。两人彼此见面的时候，一般都会聊到对方是哪里人、哪个学校毕业的、学的是什么专业、在哪里工作过等等。这往往是一个找同乡、同学、校友、街坊、邻居、同事、同门、同宗的过程，也是显示你是否有资源，是否具备跟别人进行交换的资本的过程。通俗地说，大家都会利用这个机会向对方展示自己手里有些什么牌，关系越多，越证明你吃得开，也就会越被人重视，在跟人交往中，越容易占主动地位，控制局面。从你嘴里说出来的关系，最好是非富即贵，要有知名度和影响力，或者占有某个重要的位置，或者具有某种特殊的能耐。那些帮不上忙、没有本事也没有资源帮忙的关系，尽量别说，因为说出来只会掉你的价，听者马上就会在心目中把你划到没有本事也没有资源帮忙的行列。(《中国式关系》)

怎样展示你所具有的重要关系很有技巧，不能太生硬，也不能太随便，否则别人会以为你是在吹牛，太轻浮。同时，你又必须让对方相信你跟这层关系关系非同一般，是完全可以当成自己的资源来使用的。（微博）

展示关系不是目的，而是为了获得利益。根据利益的大小，决定某一关系是否需要进行开发，有用的就交往，没用的就疏远。我这样说很容易引起误会，欧阳修在《朋党论》中说，“大凡君子与君子，以同道为朋；小人与小人，以同利为朋。此自然之理也”。(《中国式关系》)

关于怎样找关系，也有两层含义：第一，是一个方向性的问题，即到哪里去找关系？第二，是一个操作技巧问题，即找到目标以后，怎样启动社会交换和相互利用程序，使找到的目标能够心甘情愿地为你所用？（微博）

·面子票子椅子·

树活一层皮，人活一张脸，这是每个成年中国人都熟悉不过的一句话。面子对人来说既然如此重要，当然有必要通过各种方式替它添光加彩，而决不允许对其贬损毁誉。名声口碑是面子，权势地位也是面子，成功是面子，被别人肯定、褒奖也是面子。

讓別人追隨你的理由
無非兩個一个是
今天
几个果
你能給別人
子
另外
一個就是
你明天
是否給得
更多
甲午阳春三月
浮石

● 让别人追随你的理由无非两个：一个是今天你能给别人几个果子，另外一个就是你明天是否给得更多。

拐着弯夸人

中国的事情很难说，做人做事，最大的规矩就是没有规矩，或者说，规矩在人心。有句话，叫事在人为。谁升谁不升，更多的比的是背后的关系，就像一个段子说的：有关系就没关系，没关系有了关系也就没有关系。中国语言内涵丰富，这些话你要翻译给老外听，不搞得他云里雾里才怪。但对于任何一个在官场或商场上混过的中国人来说，马上就能领悟个中三昧。

因此面对来送礼的李明启，何其乐先是没有动静，坐在椅子上默默地抽烟，过了一会儿，他把手放在锦盒上，将之往外面推了推。他想通过这个动作向李明启传递一个信息：他们下面的谈话跟眼前的这份礼物必须撇开。

不过，何其乐表面上很严肃，心里还是挺高兴的，不是因为李明启向他送了礼，而是因为李明启送的这份礼确实很到位。其实，每个人都是希望被别人肯定、被别人捧、被别人求的。当然，何其乐也不是别人一给自己戴高帽子就沾沾自喜的那种人。何其乐并不缺乏高帽子，但他平时得到的那些赞扬或者恭维，往往太直白、太肉麻，而且还往往跟他的身份有关，如果别人在他这个位置上，那个人也一样随时随地都会听到那些形形色色的恭维话、漂亮话。

夸你的字写得好就不同了，那是一种属于你个人的技能和本领，跟职务、身份、地位无关，何其乐在这个圈子也混了几年了，可是骨子里还多少残留着文化人的小浪漫或小意气，他听不得诚心诚意的表扬，而他认为李明启送这么一份礼给他，真的是动了心思。

这应验了一句话，所有的人都是喜欢被奉承的，不喜欢的只是奉承的方式。换一种说法，李明启恭维的是何其乐本人，而不是他所处的位置派生出来的附加值，这就等于给足了面子。面子是什么东西？值多少钱？很难说得清楚，但有一点可以肯定，人们对于给自己面子的人，总会不由自主地心生好感。

（《红袖》）

对于一只被驯服的老虎来说，只要有足够的牛肉和鸡就可以了。但人可不这么想，除了给它准备铁笼子，还会给自己准备电棍与麻醉枪。在人与人的关系上，老虎其实只是弱者的图腾，强者觉得还是做人好，它把同类当蚂蚁鸡牛乃至老虎，要么奴役之，要么防患之。

段子

财富多的人比财富少的人有面子。因为财富是稀缺性资源中流通性最强的硬通货，钱多的人似乎头上顶着光环，总是能够轻易地获得别人的信任、好感和羡慕（忌妒乃至于仇恨只是羡慕的另类表达方式）。面对有钱人的时候，即使不能得到任何实际的好处，人们的脸上总是忍不住挂着献媚的微笑，表现出面对金钱时的奴性。(《中国式关系》)

名声大的人比名声小的人有面子。名声既是一种生存手段，也是成功的重要标志。和权力、财富一样，良好的名声（广泛的知名度和美誉度）一旦形成，便成为拥有者可以调配使用的重要资源或无形资产，影视明星是这样，各行业的专家学者也是这样。(《中国式关系》)

人脉资源越丰富的人越有面子。人脉即人际关系、人际网络，体现人的人缘、社会关系。无论中外，人们都有一个共识，就是一个人能否成功，不在于你知道什么，甚至不在于你能做什么，而是在于你认识谁。人脉被认为是一个人通往财富、成功的入场券。在当下的中国社会，对人脉（关系）的依赖尤甚，一个人如果在社会上门路多，认识的人层次高，跟非富即贵者关系铁，他无疑是最受欢迎的人，将成为人们争相交往的对象。(《中国式关系》)

能力强的人比能力弱的人有面子。俗话说，家有万贯之财，不如一技在身。相对于权力可能被剥夺、财富可能被灭失、名声可能被毁坏，能力则是一种稳定的、既能在短时间内产生效果又能可持续增长的资源。它是绝大多数人安身立命的根本，也是与人交换的筹码。能力可以帮助一个人获得权力、财富、名声，但不一定必然如此。即使是这样，社会各行业中的能人、技术骨干，也足以凭自己的一技之长挣得面子，立足于社会。(《中国式关系》)

中国人的生活目的和中国人改善生活的手段，两者具有很高程度的互换性。一方面，每个人都像往银行里存钱似的，在努力把自己的面子做大。另一方面，人们在做“面子工程”的时候，总是包含着或多或少的实际利益考虑。换言之，面子是做给别人看的，因为人们一旦认定你的面子，便总是自觉或不自觉地愿意与你交往，并把更大的信任、更多的机会给你，从而形成面子“扩大再生产”过程中的“马太效应”。(《中国式关系》)

钱多，意味着对物质世界的控制能力强；钱少，意味着对物质世界的控制能力弱。所以，对几乎所有理智与情感正常的人来说，钱都是个好东西。(《中国式关系》)

易卜生说，有了钱，你可以买到钟表，但不可以买到时间；我们说，没有钱，你连最起码的计时工具都买不到，你的日子就只能是日夜不分、浑浑噩噩的，你就得为每天的生计愁眉苦脸，你会嫌时间长了而不是短了。(《中国式关系》)

易卜生说，有了钱，你可以买到一张床，但不可以买到充足的睡眠；我们说，没有钱，你连最起码的容身之地都不会有，你的睡眠根本就没有充分的时间与良好的环境作保证。(《中国式关系》)

易卜生说，有了钱，你可以买到书，但不可以买到知识；我们说，没有钱，你连买书的钱都不会有，现在的正版书贵着哩。再说了，现在获取知识的手段多种多样，并非只有看书一种方式，从幼儿园开始，就得进行各种学前教育，然后从小学到中学到大学，什么时候不需要钱？没有钱，倒最有可

能成为现代文盲。(《中国式关系》)

易卜生说，有了钱，你可以买到医疗服务，但不可以买到健康；我们说，没有钱，你连最起码的医疗服务都不会有，现在看病难着哩，贵着哩。没有钱，怎么扛得住一天三位数、四位数乃至于五位数的医药费？但有了钱就不一样了，只要有了钱，你可以先搞好和医生护士的关系，让你不多吃药、不多打针、不多做手术，光是这三项就会让你的身体少受不知道多少折腾和折磨。(《中国式关系》)

易卜生说，有了钱，你可以买到地位，但不可以买到尊贵；我们说，没有钱，你获得地位的可能性可以说微乎其微，人的地位是从哪里来的呢？是从天上掉下来的吗？不是。人要取得某种地位，无非两条途径，一是自己争取，二是别人给予，而且这两条途径常常是互相兼容的，是一件事物的两个方面。自己争取要条件，别人给予要关系。(《中国式关系》)

对钱进行道德评价是幼稚可笑的，无论是赞美还是抨击，都改变不了钱的商品本质。钱，不过是世界上有价事物的价格度量，是人们进行交换的媒介。谈论钱的功能与作用当然是必要的，但更重要的是谈论钱的来与去，也就是怎么挣钱和花钱。和名声一样，财富（或曰金钱）的积累本来应该是一个漫长和艰辛的过程，这个过程对应的是劳动致富的常态。如果有人真能一夜暴富，必将伴随着美丽神奇的传说与故事。(《中国式关系》)

知名度就是被知晓程度。一方面，一个人被社会、公众、行业、社群知晓的程度越高，名声越稳定；另外一方面，社会、公众、行业、社群更容易轻信知名度高的人，让其形成声望。美誉度更多的则是社会、公众、行业、社群对一个人品德与行为能力的心理认同与嘉许，表达的是一种愿向他看齐，愿与之亲近的情感诉求。正因为如此，具有美誉度的人便能轻而易举地获得更大的影响力和话语权。(《中国式关系》)

人们具有从众心理，总是习惯性地按照其他人的共同认识来给你定位，一个被多数人认可、推崇、敬仰、膜拜的人，更容易被其他人认可、推崇、敬仰、膜拜。(《中国式关系》)

名声不仅能够满足一个人的虚荣心和成就感，还能带来很实际的利益，因为你是一个为社会、公众、行业、社群所熟悉、认可、推崇、敬仰、膜拜的人，别人便很容易给你礼遇、提供方便。同时，你的形象、意见、推荐、捧场，同样会给有求于你的人带来影响和好处。这不是名声的转移，而是名声的互相作用和良性循环。(《中国式关系》)

与其吹自己多有本事，不如让人家知道自己都拥有什么样的资源，特别是人脉资源。因为你做的事可能跟别人没有关系，但别人一般会很留意你都拥有一些什么样的社会关系，以及考虑自己是否具有通过你攀上这种社会关系的可能性。(《中国式关系》)

名声有时候具有和尊严、荣誉类似的意思，看得重一点无可厚非。但一个人过分看重名声，容易为了口碑而牺牲真性情，其实是在为别人而活。在这种情况下，名声不再是名声，而很可能成为一种累赘。(《中国式关系》)

利益驱动作为人的本性也许无所谓善恶，但对于一个致力于追求社会和谐和国民幸福指数的国家来说，制度设计则有优劣之分。管理者在进行制度设计时，主要考虑的是为人民服务还是为人民币服务，其实可以归结为一个问题——到底谁是“中国”这个地盘上的真正主人？（《中国式关系》)

本来，房子建了是给人住的，现在却成了投资品种。还不像国外成熟的证券市场的股票，有涨有跌，可以买空卖空，而是基本上只涨不跌，所以，这个“投资品种”就与每个中国人有了关系。有钱如温州客者自然会大炒特炒，就是囊中羞涩的工薪阶层，为了抵御通货膨胀的预期，防止辛苦挣来的钱贬值缩水，也会壮胆挤入购房大军的行列。房子，于是成为了会施展

挣脱束缚的方式有两种，一种是快刀利剪，二是依赖人手。据说很多人会选择后面一种，大概是想那绳子还能留做它用。

"吸金大法"的无底洞，成了很多人心里的痛和为之劳"命"伤财的奴隶主。(《中国式关系》)

尽管很多人心里都明白，对于一个社会来说，楼市如果一旦成为泡沫，将不利于经济的稳健发展，可实际上，这些泡沫却实实在在地一直在形成。问题是，既然泡沫对于整个社会来说如此糟糕和危险，为什么还会越吹越大？因为对于一小撮人来说，泡沫可以给他们带来好处，他们是最大的既得利益者。关键的问题是，话语权往往掌握在这一小撮人手里。(《中国式关系》)

有关系好办事，已经成为人们的共识。有关系的人被认为是有能力的人，混得好、吃得开、如鱼得水、左右逢源。可是，大家虽然都对关系顶礼膜拜，怎样建立关系，怎样维系关系，却有段位上的差别，就有被培训的需要。(《中国式关系》)

作者与读者的关系，在某种程度上具有博弈的性质。作者如果把自己抬得过高，以致有一种精神上的优越感，将会是一种冒险，会使自己远离读者。当读者从书的海洋中挑出了一本，一看，发现既没有实用性，也介入不了他的现实生活，我怀疑他是否会有捧读它的兴趣。(《中国式关系》)

权力是一种致幻剂，它使权力的拥有者轻易地相信自己可以为所欲为，它同时轻易地向权力拥有者屏蔽了另外一种可能性——权力的行使往往会伤及他人，而被伤害的人在屈服的同时，一定会埋下仇恨的种子。权力是有时效性的，并且总是像水和金钱一样处在永远的流动状态。通过权力伤害他人的人，最终将为权力受伤。提出把权力关进制度的笼子的人，一定是高智商的人，一定对人性中的善良充满了信心。(微博)

面子不是别人给的，是自己挣的。别人偶尔给的面子是看你的面子来的，他已暗自评估你有多少偿还能力。一个人的面子随时处在大小的变动中，是人与人进行交换的无形资产。当你的面子大到世人皆知时，你便拥有了超越所处行业、小圈子乃至那个时代的话语权。这也是你的面子被迅速分化而极易贬值的时刻。（微博）

发脾气起不到威吓效果，也不会鼓励忠诚，只会引发疑虑和不安，让你的权力摇摇欲坠，暴露出你的弱点。这种狂风暴雨式的爆发，往往是崩溃的先声。（微博）

财富是满足人的基本生存需要、实现更多更高欲望的媒介，是个好东西。但如果攫取财富的方式只问结果不问过程，如果拥有的财富只是用来满足一己私欲，那么，财富便很快变成万恶之源，足以消灭人的精神信仰，扼杀人世间的一切善良与美好。（微博）

适度的仇权疑富有助于社会的公平。权力只有用来为公众与社会服务时才是好的，用来为私欲服务时则成为魔鬼。财富也只有通过智力、勤劳的公平竞争取得时才是好的，当它通过与权力的通奸取得时，一定是罪恶的、肮脏的。没有制约的权力和不择手段的致富，是社会乱象丛生的根源。（微博）

追逐名利的手段不对可能让人下地狱，当然，让人下地狱的不是上帝，而是同类。同类对玩得太出色太出格的人怀有特殊的情感，一端是敬仰，另一端是仇恨。（微博）

财富金钱可以用来满足人的各种需要与欲望，是人人追求的好东西。没钱的人只有一个任务，就是想方设法变得有钱；有钱的人有两个任务，保住已有的钱，追求更多的钱。所以，有钱的人也是思想负担很重的人，一边寻求保护一边疯狂攫取，他们常常因患得患失而远离幸福，在这种情况下，财富和金钱还是好东西吗？（微博）

有所求才有所畏，人们只会对一个抱有希望的东西抱有敬畏之心，男女

关系是这样，官民关系也是这样。什么时候不对你寄予希望了，也就不把你当东西了。（微博）

有些人辛苦忙碌是为了生计，有些人则是为了追求名利，以为名利便等同于美好的生活。但是，第一，名利是稀缺资源，不是每个人光凭辛苦忙碌就能获得的；第二，名利是个无底洞，很多人在那条不归路上耗费着心血而错过了当下的美好感知。（微博）

媒体很乐意屁颠屁颠地践踏被他们曾经推崇的权威。做权威或强者或偶像的风险在于，你今天还在被人热捧，明天却可能遭人唾弃。因为对于群体来说，热捧权威或强者或偶像可以满足某种意淫，而唾弃同一个人则可以泄愤，获得凌驾于权威或强者或偶像之上的更大的意淫满足。（微博）

● 谁没产生过跪拜乞求金钱的念头？对穷人来说，它是缓解生存压力的必需品。只有少数富人可能厌恶之，因为金钱完全可能培育与膨胀一个人的贪欲，使他成为自己的奴隶。

·书乐谈·

看书不会使人必然成为强人，但强人必然是看书比他人多的人，如果连看书都没有坚持下去的力量，很难设想他能把事业坚持下去。看书是补充精神食粮的一种方式，不看书，等于宣布自己不需要精神食粮，那就只能成为精神上的残疾。

俗话說人
类一思
考上帝
就发笑
同理
猴子一
思考
人类也
會忍
不住发
笑
盡管如此
我们还是
要思考
甲午新春
浮石

俗话说，人类一思考，上帝就发笑。同理，猴子一思考，人类也会忍不住发笑。尽管如此，我们还是要思考。

有点意思

侯昌平的儿子是个眉清目秀的小帅哥，由张仲平引见，去拜访老书法家梁崎夫妇。他一进门就爷爷奶奶地叫得很甜。梁崎的夫人慈眉善目，见小男生这么乖巧，先就有了七分喜欢，说他长得像自己的小孙子。他们的儿子早年到英国留学，一直没有回来，目前在曼彻斯特，为他们生了一个孙子和两个孙女，难得回国一次。

不知道是张仲平的红包起了作用，还是梁崎真的把他当成了忘年交，三个人一进屋，老两口都很热情，梁崎还亲自为侯小平铺开了宣纸，叫他写几个字看看。侯小平也不怯场，想了一会儿，提笔写了“精气神”三个字。

梁崎不住点头，说：“不错不错”。

侯昌平听梁崎这么一说，忍不住摸了一下儿子的头。

梁崎说：“知道什么是精气神吗？”没等侯小平回答，梁崎又说：“精气神跟中医理论有关。我们不谈那么深，就说说它的字面意思。精，就是精神、精气、灵魂。你学过成语，知道养精蓄锐吧，还有精力充沛、精神倍增，好多啦。人要有精神，人没有精神怎么样？没精打采，病怏怏的，像得了乙型肝炎。字也要有精神，这样才会显得健康、有力、顶天立地，对不对？”

侯小平连连点头。

梁崎说：“什么是气？气就是气韵，就是元气。俗话怎么说的？树活一张皮，人活一口气。人没有气就死掉了，字没有气，就会呆板、死气。跟要死的人差不多，有什么美感？一个五大三粗的人，要是没有一点灵气，那叫四肢发达、头脑简单。可不可爱？不可爱。可亲不可亲？也不可亲。学写字，先要学做人，做一个心胸开阔的人，有气派。做一个底气很足的人，不惹事，也不怕事，叫大气。堂堂正正的，叫正气。气要养，架子要练。如果没有气，架子是虚的。怎么说的？花架子、空架子、虚张声势，都不行，要有气势。你看，气势气势，气在势前面，气比势重要，对不对？”

侯小平说对，旁边的侯昌平和张仲平也一个劲地点头。

梁崎说：“再说神，这个神就有点玄乎了，精神、神奇、神来之笔，读书破万卷，下笔如有神，神是一种境界。什么境界？痴迷的境界，超越自我的境界，随心所欲的境界。古时候的文人写文章，老师是不打分的，不像现在，六十分、八十分、九十分、一百分，没这种搞法。而是分档次，几个档次？下品、中品、上品、逸品、神品。神品是最高境界，可遇不可求，可意会不可言传，不是一般的人能够达到的。偶尔达到过的人，也不能吹牛皮，说自己想什么时候来神就什么时候来神，那不成神经了？”说得大家都笑了。

梁崎说：“‘宁静致远’这四个字有多少人写过？不计其数。你们看这一幅，我自己很满意，就有一点神品的意思。”

梁崎到底未能脱俗，拐个弯把最好的赞美还是留给了自己。张仲平觉得老头子蛮可爱的，文章字画，像孩子不像老婆，当然还是自己的好。

（《青瓷》）

不管遭遇多麼糟糕只要
太陽照常升起希
望便會在下一秒鐘開花
漫石寫并記之

● 不管情况多么糟糕，只要太阳照常升起，希望便会在下一秒钟开花。

段子

一个男人同时爱上三个女人，三个女人也几乎同时爱上一个男人，这样的故事很俗很拽很成人化，而这样的男人，要么是情圣要么就欠扁。但不管怎么样，这样的素材加上一些世俗的作料，是可以把那种多角关系弄得千回百转、柔肠寸断，让人欢笑让人哭泣，让人困惑让人抓狂的。(《中国式关系》)

我的作品的生命取决于跟社会生活的贴近程度，我希望它们之间的距离为零。这样，我的作品，将跟我们这个时代一起，存在或者消亡。(《中国式关系》)

我欣赏那些有社会责任感的作家（姑且认为他们讲的那些豪言壮语都是心里话），但说到社会对作家劳动成果的尊重，应该说做得远远不够。而当作家越来越沦为一种弱势群体的时候，对于我们正在构建的和谐社会来说，是幸运的还是不幸的？（《中国式关系》）

我得承认好书是有气质的，即使惨遭没有文化的盗版书商的蹂躏，却仍然能够发出金子或珍珠般的灿烂光芒。(《中国式关系》)

为什么会有人哀叹“文学消亡”或“文学无用”？其中的原因可能很多，但我觉得作家要从自身多找原因。作家是靠作品说话的，就像工厂是靠产品说话一样，你出产不了好的作品，就丧失了成为作家的资格，就要像工厂一样破产倒闭。(《中国式关系》)

我觉得不同的时代、不同的作家，完全可以赋予文学不同的功能。如果我们把文学当成一个平台、一个载体、一个工具、一种手段。那么，用一个简单的比喻，它不过是一个空了的酒瓶，你可以把它卖给收破烂的，也可以用它继续装酒（洗洗更健康），也可以用来装醋、装酱油，或者装杀虫剂，甚至装排泄物（此灵感来源于某老外艺术家，他研究制造了一个拉屎的装置，在艺术场馆工作，然后把制造出来的粪便包装起来供人收藏，据说价格不菲），甚至在想象中打盗版时把瓶底敲了握在手里以壮行色，等等。(《中国式关系》)

一本书能否畅销，可以从营销手段方面去考量，也可以从文本质量方面去分析。商品社会，任何一种产品都要吆喝，没有营销就没有畅销，但图书的营销必须基于文本。没有营销，书会被读者忽略；读者买了书，只有好看，他才会看，看了之后觉得值得才会向别人推荐。在市场面前，作家没什么可清高的。你清高，只能说明你在扭捏作态（算你精神上胜利好了），或者对自己的东西没有信心，被读者抛弃那是活该。(《中国式关系》)

关于小说作品是照相般地扫描生活或复印生活的说法，只是一种比喻，而比喻往往是蹩脚的。在很多人眼里，生活是杂乱无章和茫无头绪的，知其然而不知其所以然的。小说是对生活的精简与提炼，为的是让读者看清楚生活的本质，以及我们每个人有限的生活体验不可能触及的部分。更何况，不管作家多么冷峻、力求客观，其作品无不打上个人的印记，怎么可能会是对生活的照相或者复印呢？所以，阅读小说是对他人生活经验的分享。(《中国式关系》)

我认为，中国产生鸿篇巨制的时代已经来临。东西方价值观念的碰撞，经济体制、政治体制的变迁对人性的冲击，使我们进入了一个多元价值观念博弈、包容的全新社会，将会有多少人性挣扎、求索的大戏，在这块土地上上演？（《中国式关系》)

今夕何年关啥事醉卧松雲随
心情。吴昌碩題八大山人鳥石
圖有云：不見雲雨不見風，難
識春夏与秋冬。一夢醒時有
石伴，管他四周是青紅。青瓷
紅釉作者浮石寫并記之

今夕何年关啥事，醉卧松雪随心情。吴昌硕题八大山人《鸟石图》有云：不见云雨不见风，难识春夏与秋冬。一梦醒时有石伴，管他四周是青红。

张力与惊悚来源于某种不确定性，小说中的我不是老师心目中的乖孩子，这就不得不让人担心他是否会误入青春的歧途。按照一种成人的惯性思维或被格式化了的小四式的写作套路，在心智尚未健全而又躁动不安的少男少女之间，不要说发誓与跳江，就是更加惊世骇俗的事情，又有什么是不能发生的呢？（《中国式关系》）

中国的先锋作家大多数是聪明的懒人，因为聪明，所以学得够快够像；因为懒惰，所以缺乏超越的勇气与毅力。伟大的作家必须直面现实与人性，其先锋性在于他永远在用文字寻找两种矛盾之间的平衡。一方面，他总是敏感地感觉到现实的丑陋、荒诞而令人绝望；另一方面，他的内心却总在向往着人类的公平正义与美好。（微博）

好的音乐就是这样，宛如心灵温柔的呼喊，那是一种不用语言的对话，即使最美妙的辞藻，在心灵交流的瞬间也会黯然失色。这时，钢琴声响起，不是惊雷，是潺潺流水，润物细无声，而你，像是被唤醒的春天的精灵……（微博）

我知道你真实存在过，我不知道你是否与我血肉相连。但毫无疑问，无论是影子无声无息地悄然拽在你的身后，还是炫目的光辉牵引着你我前行，一切都与太阳有关，太阳指明的方向，总是地老天荒……（微博）

为了把字写好，我虚心向人学习，还不时拿本帖揣摩，没事还在手心里画一画，结果发现，我已经不敢动笔了。（微博）

怎样把一句普通的话变成金句？比如说，做人是一辈子的事，完全可以改为：人生最幸福的事，莫过于时不时地可以做做人状。（微博）

陌生的事物总是能让我们新奇与惊喜，而只有真正的熟悉才能让我们亲

切、自然而踏实。我们耗掉我们的一生，不过是为自己的心找一个小小的安息之地。就像写作，既是一种逃离也是一种接近。（微博）

从事一项自己喜爱的工作是幸福的，不亚于跟自己喜爱的人结婚。（微博）

王尔德说："在美好作品中发现丑陋意义的人是腐败的，毫无魅力。"这是一种舛误。在美好作品中发现美好意义的人是有教养的人，在他们看来，这是希望所在。王尔德还说："生活中有两个悲剧，一个是得不到想要的，另一个是得到了不想要的。"（微博）

阿西莫夫说，人类是拥有无用知识越多越快乐的动物。这与中国人不同，中国人大部分都是实用主义者，"不务正业""尽整那些没用的东西"常被讥笑与指责。所以，他们既不想当动物，当然也就总是不快乐。（微博）

小说或电视剧的开头要有悬念，如病人上医院，小病上医院被治死了，病入膏肓者被救活了，都是不错的选择。所谓的畅销小说、三俗电影则往往从做爱开始，夫妻做爱没戏，出轨成了也没多少戏，出轨进去了却不得不出来或压根儿就出不来了，那才有戏。生活不过是吃饭睡觉，把吃饭睡觉写得活色生香一波三折，那是一种本领。（微博）

心灵是一种可大可小的东西，一个封闭的心灵也可以自成宇宙，但也像门窗紧闭的屋子，保留了现存的温度却始终缺乏朝气与生机。幸亏我们还有音乐，那是一种让灵魂活过来并得以洗礼的东西，像温柔的手对心脏进行轻轻的抚慰，让我们纯净而入梦，以致相信了那些早已渐行渐远的东西，比如爱情。（微博）

碎成片片粒粒的可能是玻璃碴儿也可能是宝石。玻璃碴儿也可能五颜六色、光彩夺目，但唯有宝石的光泽才发自于内在的涵养、修为与感悟。海清是一个勤于思考、善于表达的行动派，他写的每一条段子都与他身处的社会、关系、工作息息相关，都是有感而发，而这恰好是我对文本最基本的同时也是最高的评价。（微博）

我梦见一条蛇在我儿时生活的地方出没，醒来后猛然想起，我儿时生活的地方并没有水塘。我不明白怎么能在梦中，用长长的竹枝，把那条蛇从这口水塘挑到那口水塘。这个梦让我惦记了一整天，我不知道这是为什么，在重新入睡之前我明白了，那条蛇有与我一样的血脉。（微博）

作者与读者的关系，在某种程度上具有博弈的性质。作者如果把自己抬得过高，以致有一种精神上的优越感，将会是一种冒险，会使自己远离读者。当读者从书的海洋中挑出了一本，一看，发现既没有实用性，也介入不了他的现实生活，我怀疑他是否会有捧读它的兴趣。（《中国式关系》）

有酒喝，有书读，有太阳晒，石头不大，尚可依靠，松不茂密，尚可与之，轻言细语，敢说不快乐？

·商量之道·

中国企业家最大的毛病就是急功近利，总想在最短的时间内赚钱，而且不是赚小钱而是赚大钱。市场越残酷，留下来的越是精兵强将或千年老妖，他们确实也有能力想出办法在最短的时间内赚到钱，赚到大钱，在战术上不输给对手。但是，在一城一池上再怎么赢，如果缺乏一种战略眼光，企业也会短命，一个小环节上的差错，都有可能让它很快完蛋。

武力當然可以打敗對
手但真正能讓对手
心悦誠服俯首称
臣的唯有
寬廣
無邊
的仁
愛
慈悲之
心甲午阳
春浮石

蛮力当然可以打败对手，但真正能让对手心悦诚服俯首称臣的，唯有宽广无边的仁爱慈悲之心。

输钱的艺术

金达来公司的业务做得好，却从来没有出过什么事，因为老总陈一达从来不直接给别人送钱。不是不想送，是不敢送，怕害了朋友也害了自己。但不花钱怎么能把生意做开？不现实嘛。要想做成事，必须把那些人拉过来为你所用。怎么拉？最好的办法就是看他喜欢什么，然后投其所好。什么最值钱？钱最值钱。但现在谁敢乱收钱？所以，明给也好，暗送也好，困难都很多。困难多不怕，人的脑子就是用来想问题的，困难再多，能想出来的办法更多。什么是商人？就是凡事都可以商量的人。什么是生意人？就是遇到问题总能生出主意来的人。其实，这在生意圈里，几乎是公开的秘密，就是每当做完了一笔业务，便组织几场牌局，改送钱为输钱。陈一达因此打惯了业务牌，技术已炉火纯青，完全能够在可以预计的时间内把必须输掉的钱输得不显山不露水。陈一达输多输少，其实在按功行赏，回报那些帮助过他的人。那些人也心领神会，打牌的事按下不表，还可以在外面唱高调，说陈一达一毛不拔，给他业务让他发财，却从来没有喝过他一口水，吃过他一顿饭。

（《红袖》）

段子

公家跟公家的生意不好做，私人跟私人的生意也不好做，私人跟公家的生意，就好做多了。有句话，叫商道即人道。意思就是，做生意先做人，人做好了，生意也就好做了。(《青瓷》)

任何商业上的成功都离不开炒作，我更倾向于说是欺诈。而炒作或欺诈之所以能够大获全胜，是因为策划者深知人性的贪婪与恐惧，然后替他的产品披上了一件温暖人心的真善美与爱的外衣。（微博）

在经济社会，一个人的价值往往等同于他的利用价值。换一种说法，是指他是否具有或在多大程度上具有不可替代性。哲学家要证明比经济学家更有用，最好的办法是能够赚到比经济学家更多的钱，这样才能让经济学家信服。换一种说法，真正的高手是能够在别人的领域里打败别人的人，而比高手更牛的是，他无需出手，别人就已心悦臣伏（诚服）……（微博）

一，如果两个聪明人不能把一件事做成、做好，那么，这件事从一开始就不应该花精力去做。二，关起门来做的生意往往是大生意。三，商人看中的是钱，不免斤斤计较，而企业家看重的是人，重义重于利，通过让利让合作伙伴心甘情愿地、最大付出地、尽可能长时间地合作。四，投资于项目往往是一种零和游戏，有赚的就可能有赔的。投资于人则是一种更高明的方式，第一，投资成本可控，第二，赚钱不会有天花板，因为说到底，钱生钱是表面现象，所有的钱都是人赚的，法治与规则的建立永远也赶不上人脑思维的速度。从某种意义上来说，人有多大胆地有多大产是有道理的，甚至是

没有花香没有树高我是一棵无人知道的小草
浮石绘话
像墙头草一样风吹两边倒的人总是让人讽刺与鄙视着。问题是人家本来就是一棵草，为什么要求它具有石头与松树一样的品格。草有草道，有以下说法：顺其自然、顺势而为、适者生存、识时务者为俊杰之美。在我看来这是对墙头草的最好正名
浮石于广州 甲午阳春三月

没有花香，没有树高，我是一棵无人知道的小草。像墙头草一样风吹两边倒的人，总是被人讥讽与幽默着。问题是，人家本来就是一棵草，为什么要求它具有石头与松树一样的品格？幸亏还有以下说法：顺其自然，顺势而为，适者生存，识时务者为俊杰之类。在我看来，这是对墙头草的最好正名。

文化创意产业的核心竞争力。五，做事要讲规矩，但在具体的操作环节处处讲规矩，很可能一事无成。有些事情做了也就做了，规矩条款，有时也要为成功让路。（微博）

让别人知道你的方式有两种，自己主动告诉别人你是谁，别人向另外的人津津乐道你的故事。前者叫自我推销，后者叫品牌影响力。（微博）

中国商人一直鲜有光鲜的身份与真正显赫的社会地位，所谓无商不奸正是人们对商人从品行上加以蔑视的一种表现。自社会转型开始之后，人们对商人的感觉与评价开始复杂起来，作为社会财富的绝大部分拥有者，人们对他们不免羡慕忌妒恨或者爱。（微博）

有人这样说古玩界的行话：一个傻子在卖，一个傻子在买，还有一个傻子在等待。这话也可以用到情场：一个傻瓜在恋，一个傻瓜在爱，还有一个傻瓜在等待。（微博）

无论是国家治理，还是公司业务乃至人际交往，最原始的动力无非利益驱动。但政治家总是忍不住用社会理想企图迷惑所有的社会阶层，商人总是忍不住用信息、资金、影响力的不对称企图使自己的利益最大化，个人总是忍不住用给自己的言行披上友情、爱情的外衣。这就使得人们在社会中生活，难免被蒙骗与被欺凌。（微博）

商场充满尔虞我诈，所有的人都怕上当受骗，因此诚信的商家反而可以获得长期的、巨大的商业机会。诚信使商家走得更远，利子孙后代，这比辛苦赚钱给他们一大笔遗产要好。商场中，诚信比聪明与勤劳更强大。（微博）

从某种程度来说，与他人博弈和与自己博弈，比一笔简单的生意更需要斗智斗勇，也更加剑拔弩张。（微博）

生意人要跟各种各样的人打交道，有的生意人认为社会关系是生产力，通过搞好关系来获取商业机会，他会有事无事就撒谎。对他来说，撒谎是一种习惯。他怕麻烦，很多事情他知道该怎么做，觉得没必要去跟别人解释那么多，就用撒谎的方式去把这个话题终止掉。但撒谎却会给他惹来更多麻烦，不得不用更多的谎言去圆。（微博）

商场上的交锋最激烈的不是真金白银上的唇枪舌剑，而是心理上的博弈之战，所谓知己知彼百战百胜，其实这话的精髓是要知道对方对自己最有利的信息，同时也要隐藏好对自己最不利的信息。这就取决于双方在较量时的心理博弈，要张弛有道，虚实相错，要表现出精明，又要装得出糊涂，话里藏话，拿话套话。（微博）

从一个人怎么做生意，不仅可以看出一个人为人处世的方式，还可以看出一个人的人品。因为一个人在利益面前的态度，不管他怎么掩饰、怎么伪装，最终都会暴露无遗。（微博）

中国人的语言很模糊，易生歧义，而中国人最讲适用主义，只取对自己有利的东西。比如说讲规矩，按我的理解，应该有三个层次：一是得有规矩，所谓没有规矩不成方圆；二是得宣扬规矩，以使大家知道；三是遵守规矩，这是一个践行与落实的问题。可实际的情况却是，讲规矩只停留在口头上，或各讲各的规矩。（微博）

鱼上钩是因为鱼抗拒不了那香甜的诱饵。人也一样，他们之所以容易沦为金钱和利益的奴隶，是因为在他们认为有利可图的时候，把智商降到了和鱼一样的水平，什么风险什么人性统统都抛在了脑后，即使是站在悬崖边摇摇欲坠，也要拼死摘了悬崖边的那株仙草，想着哪怕是摔下去了，还能靠着仙草起死回生。（微博）

只要添柴，水总会开。

无论躺着还是站着，牛就是牛。如果别人把你当马或者驴使唤，那是他的错。

·个人奋斗·

有的人，一想到人都是要死的，就忍不住要哭，他其实在透支他的悲伤，死亡虽然不可以逃避，但也犯不着提前被它压垮。有的人，一想到人都是要死的，就忍不住想笑，他其实在支取他的快乐，因为他庆幸此刻他还健康地活着。

拜佛圖
不信神是动物只信神
是廢物人生不如意十
有八九段子曰
如果你向神求助
說明你相信神的力量
如果神不帮助你
說明神相信你的力量
段子又曰
受不了你感不了人受
不了香感不了神
甲午新春浙人
浮石寫并題

不信神是动物，只信神是废物。人生不如意十有八九。段子曰：如果你向神求助，说明你相信神的力量；如果神不帮助你，说明神相信你的力量。段子又曰：受不了伤，成不了人；受不了香，成不了神。

不死不活

西伯姬昌也就是后来的周文王，他开始写周易的时候已经82岁了，身份是个阶下囚，他是从周族首领沦为阶下囚的，人生际遇的反差特别大。关他的人是谁？就是残暴的殷纣王。殷纣王为什么关押姬昌？原因荒唐透顶。据司马迁说，纣王时有个九侯，九侯有个很不错的女儿，不仅长相漂亮，而且还很贤惠。她被殷纣王召进宫之后不喜欢与殷纣王酒河肉林地淫乐，纣王一发怒就把她给杀了，还株连到她的老爸九侯，纣王把他也杀了。鄂侯为九侯辩护，殷纣王也把他杀了。那时候杀人多简单，像割韭菜一样。殷纣王把鄂侯杀了还不算，竟然下令让刽子手将他剁成肉酱做成肉饼让大臣们吃。西伯姬昌听闻此事之后仅仅长叹了一声，就被人告了密，就这样成了囚犯。昨天还贵为首领，侍者成群，今天却沦为阶下囚人下人，等于天上地下，一脚踏在阴间，一脚踩在阳间。可以想象，刚开始的时候，姬昌一定是惊魂未定的，九侯、鄂侯被杀的血腥味可闻可辨，仿佛自己头上悬着把刀，时时刻刻都有被杀的危险。姬昌头上的刀会不会落下来？什么时候落下来？谁知道？不说姬昌不知道，就连殷纣王也不知道。照道理他是应该知道的，因为姬昌的命运就掌握在他手里。但这种说法其实经不起推敲，因为殷纣王本身是个喜怒无常的人，他要动什么念头，常常连他自己也不清楚。一颗心不上不下的悬着是最难忍受的状态。很多人不怕死，却怕不死不活。姬昌要改变这种状态，只有一种办法，就是自己占卜。

姬昌以前人们占卜用的都是伏羲八卦，需要用龟甲。坐在牢里的姬昌哪里来的龟甲？只好就地取材用蓍草来代替。姬昌将八卦图用蓍草节摆在地上，不用演算，光是方位就已经让姬昌不寒而栗。纣王贵为天子，处离位，属火，西伯姬昌处地位，属水，两相相克，势大为上，姬昌斗不过纣王，看起来只有死路一条。谁想死呢？姬昌虽然已经 82 岁了，仍然不想死。不想死怎么办？只有求变一条出路，置之死地而后生。怎么变？用现在的话说就是换位。比如可以让河流改道，河北面一些属阳的地方就到了河的南面，反而属阴。后来的风水先生为什么总是建议起屋时坐北朝南？为什么朝向已定的建筑为了改变阴阳变化而设立一些机关、玄关？无非是通过人的行动改变自然天成的原始状态。

（《青瓷》）

● 黑夜中的黑牛或某些人的内心世界。

段子

是金子总是要发光的。所有人都以为这只是一句励志的话，这当然是不错的，但这句话还有另外一层意思，说的是财富的流动。就像那句俗话说的，富不过三代。因此，富者的骄奢淫逸、穷者的马瘦毛长都是暂时的。财富什么的不过是浮云，保持快乐是使生命增值的唯一途径。（微博）

如果一头猪的理想是为了飞上天，那它最有可能收获到的是嘲笑，但如果它的运气好，没准儿它就真的上了天堂。（微博）

被征服并非总是屈辱的，这取决于征服者是否宽容。我们不可能每时每刻每处每地都是绝对的强者，因此，相处的最高境界是互爱与尊重。（微博）

人的欲望总是快过光速，因此，必然的，总有一些人要头破血流。即使穿过了那一层炫目的光亮，常人也难以想象他接下来的失重。但我们仍然要向他致敬，因为他带领我们拓展了荒茫的疆土，并且享受着大浪淘沙后满地的臭鱼烂虾臭豆腐……（微博）

头脑不再腾云驾雾，行动必然脚踏实地。一个人靠不靠谱，在于他能否专注地做成、做好一件事。每个人都可能犯的错误是贪多，总想把满天的麻雀都捉尽。这其实是一个人性贪婪与心智低下的双重错误。第一，麻雀是不可能被一个人捉尽的；第二，当你一门心思总想着捉麻雀的时候，你完全可能因此而错过凤凰。（微博）

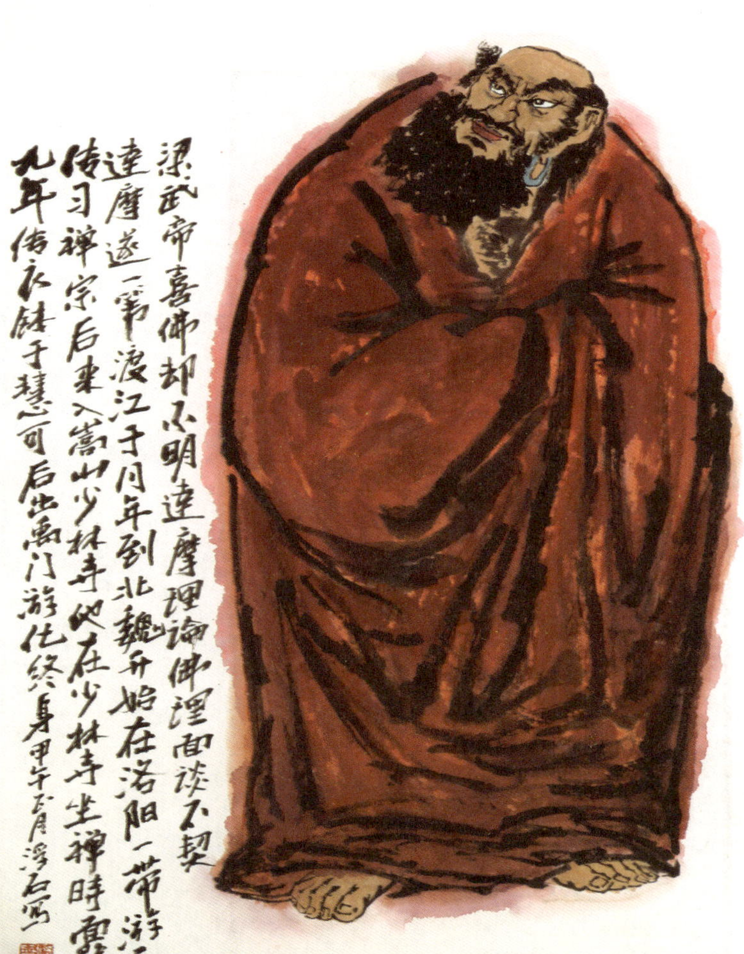
達摩又称菩提达摩南天竺人自称佛传禅宗第二
十八祖為中國禅宗的始祖他于南朝梁武帝時期
自印度航海来到广州梁武帝信佛把他接到
南京传法但當時南朝的佛教重視講义理与達摩
的禅宗重坐禅提倡見性成佛不立文字的理論不合
梁武帝喜佛却不明達摩理論佛理面談不契
達摩遂一葦渡江于同年到北魏开始在洛阳一带游历
传习禅宗后来入嵩山少林寺他在少林寺坐禅時面壁
九年传衣钵于慧可后出禹门游化終身甲午六月浮石寫

达摩在中国始传禅宗，“直指人心，见性成佛，不立文字，教外别传”。佛陀拈花微笑，迦叶会意，被认为是禅宗的开始。不立文字的意思是禅是脱离文字的，语言和文字只是描述万事万物的代号而已。这也是为什么慧能大字不认识一个，但是却通晓佛经的原因，只要明心见性，了解自己的心性，就可以成佛。经二祖慧可，三祖僧璨、四祖道信、五祖弘忍、六祖慧能等大力弘扬，终于一花五叶，盛开秘苑，成为中国佛教最大宗门，后人便尊达摩为中国禅宗初祖，尊少林寺为中国禅宗祖庭。

三十岁以前做加法，可以有很多很多的念头、梦想、追求、经历，可以有很多很多的人生体验，包括走弯路、做错事甚至害人害己。三十岁以后做减法，应该要明白人生的意义在于爱，爱自己、爱世界、爱亲人、爱同类。为此，应该把时间与精力放在靠谱的事情上，因为爱的最高境界是行动。（微博）

忘了在哪儿看到了一则“科研成果”，说完美主义者最容易犯失眠症，一切源于想得太多。但这话不能反过来说，所有容易失眠的人都是完美主义者，因为影响睡眠的原因实在是太多。不要惹失眠的人，因为他已经很痛苦了，惹他最容易引火烧身。（微博）

孤独与人类的进化密不可分。人们害怕孤独，往往是害怕这个被无限夸大了其有害性的词儿。经常感到孤独的人，更有存在感，而消除孤独感的努力，会使人更强大和更具亲和力。一个深刻领悟到自己需要什么并为之奋斗的人，最容易拥有什么，因为也最容易成为别人需要的人。爱自己是天性，爱他人是手段。（微博）

浪荡子的真情不会温文尔雅，将会具有猝不及防的攻击性。有些坚持不过是出于无奈……（微博）

如果你能为很多事情找到理由，你可能仍然逃脱不了被质疑乃至被审判的可能。只有当你为所有的事情都能找到理由时，你才有资格成为上帝的使者，并将无往而不胜。（微博）

现在，是过去之果，也是未来之因。现在，是我们自己生活最真实的存在。无论顺境还是逆境，因为感恩而珍惜现在，因为回馈而友爱自己身边的人，因为手执恶之花而用内心澄明的眼睛仰望天空，这就是生活应该有的样子。我们的一言一行都在收获过去，也在播种未来。（微博）

如果不经常跟自己过不去，别人就要跟你过不去。我们每个人都很容易成为自己恐惧与贪婪的奴隶，并被自私自利、好逸恶劳、追求感官刺激、不愿承担责任、拖沓等坏毛病拖着前行，使我们的人生变得没有质量而被他人轻视。一个不知自律的人，随随便便就会被自己和他人打败。（微博）

对人性恶的发现与揭示让人感到踏实，对人性善的挖掘与弘扬让人感到幸福。托尔斯泰说："人们常常想用发现别人的缺点来表现自己，但他们用这种方式表明的只是他们的无能。""一个人越聪明、越善良，他看到别人身上的美德越多；而人越愚蠢、越恶毒，他看到别人身上的缺点也越多。"（微博）

每个人真的都有向往美好生活的当然权利。工作没有贵贱，交易也不必然肮脏。（微博）

年轻的时候我们不太习惯宽容别人，因为我们没有足够宽广的胸怀。就像示弱，年轻的时候争强好胜，以为示弱就是自己没用、不行。而当一个人足够成熟与强大的时候，示弱则成为献给婴儿的笑容。（微博）

人的优雅与涵养是逃不过生存的压力与世俗的惯性的，每个人都会以自我为中心作出趋利避害的选择。（微博）

无欲则刚不是让你做圣人，而是做仁人智士。仁者如山，深厚也，自己足够强大，不计较得失，也不会轻易被别人伤害；智者如水，柔顺也，自己软弱时懂得顺应潮流随波逐流，藏自我于大众与平凡以保全自己。人的痛苦无非两种，令己欲望膨胀而沟壑难填，对人满怀期待而失意连连。先做自己的主人，再成别人的友人。（微博）

顺风顺水时热爱生活，这是傻瓜都能做到的事情。在了解了命运的残酷、人性的丑恶之后，仍然热爱生活，这才是真正勇敢者才能做到的事情。

珍爱生命没有条件，唯一通行的原则是爱，不分彼此、贵贱，爱生命本身。（微博）

你不能同时踏入两条河流。你在走这条路时，难免想着另外一条路。乐观的人，不会想着另外一条路一定会比这条路平坦，他只会尽情领略这条路沿途的风光。（微博）

人生不如意十有八九。很多人将此归咎于社会、他人、至亲，殊不知，生气往往是因为自己不够大气；郁闷往往是因为自己不够开朗；焦虑往往是因为自己不够底气；悲伤往往是因为自己不够坚强；茫然往往是因为自己没有找准目标；忌妒往往是因为自己不够优秀；埋怨往往是因为自己没有摆正位置。怨天尤人，不如提升自己。（微博）

文章字画，像孩子不像老婆。老婆是别人的好，文章字画是自己的好。（《青瓷》）

何谓大自在？我理解就是，不要因为别人的好恶而改变自己，不用屈从于权贵财富，只听从自己心灵的吩咐，吃喝拉撒睡等，一切顺其自然，偶尔低调地奢华，偶尔高调地沉默……（微博）

乔布斯说自信来源于自律，这比我们讲的无欲则刚的道理高明。确实，你的力量只能来自于自我控制的能力。当你目的明确之后，如果能够调动自己的时间精力思想情感身体为之奋斗，你必将成为真正的强者，而只有真正的强者，才能最大自由地调动自己的时间精力思想情感身体听从自己心灵的召唤而非他人的驱使。（微博）

只有非常自我的人才有可能懂得爱的真谛。自我的最高境界不是凭借强权、财富、身份、地位利用他人、让他人屈从、服务于自己，而是对他人真诚平等相待，像尊重自己一样尊重他人，知道讨人喜欢与获得爱的捷径就是

首先喜欢与爱他人。（微博）

傻瓜竞争力：因不善或不会计较而心里坦荡踏实；对人不设防也不伤害别人威胁别人所以无敌；欺负傻瓜不会有成就感，却可能遭到别人鄙视；凭直觉识人做事，用最简单最直接的方法考虑问题，因不嗜赌而不会输得精光；不拿无聊无用的问题折磨自己，不想昨天和明天，容易自足而快乐可爱。傻瓜做得好就是大气。（微博）

人很容易被他人和环境影响，当你周围的人郁闷、不快乐时会很容易被传染。换句话说，郁闷、不快乐常常并不是因为你的处境有多糟糕，而是心境蒙上了阴影。要学习做一个神经坚韧的人，善于抵抗郁闷、不快乐，或者做一个充满爱心的傻瓜，因为傻瓜和爱都是不求回报的，因为奉献出阳光与温暖而获得一片光明。（微博）

过分了解或过分不了解，同样妨碍彼此接近。这是托尔斯泰的话，我在想他为什么这么说。一是因为什么都了解了，便没有了新奇和秘密，甚至还要彼此防着；至于完全陌生，乃由于隔膜而会不易于沟通。其二，大抵每个人既有想与人接近的时候，也有想一个人待着、享受孤独的时候，因为人是以个体参与群体的动物。（微博）

说你是流氓，那是骂你；说你是世上最大的流氓，那是夸你；说你是史上最大的流氓，那只能是崇拜你。（《皂香·下》）

设计人生，实现人生，改变人生，很多人因此把生命变成了一个自虐的过程，并且最终实现人生目标者少之又少。与其这样，何不尝试着改变人生的态度？我认为前者是一种执着的、封闭的、抑郁的人生，后者才是开放的、有魅力的、快乐的人生。（微博）

无欲无求是一种境界。无欲不是说没有一丝一毫世俗的欲望，而是不受

達摩的力量在于
坚持每一個渴望成功的人
都得先问一下自己
能否坚持到
頭上鸟拉屎
身上长野草
甲午正月
浮石

● 达摩的力量在于坚持。每一个渴望成功的人都得先问一下自己，能否坚持到头上鸟拉屎，身上长野草。

世俗的欲望的控制。相反，是指把它控制调教得像训练有养的宠物狗，人是欲望的主人。无求是对别人没有要求，只有理解与宽容。相反，当一个人对另一个人有希望与要求时，最容易得到的是失望，因为没有一个人是专门为另一个人生和活的。（微博）

道理没有大小之分，只有通俗易懂与故作深奥之分，用平实的语言讲出来并让没有读过书的人都能懂都能接受的道理，才是真正的道理。什么是坏事变好事？比如说你掉了钱包，好事呀，因为别人捡了，如果上交，你给人提供了一次学雷锋的机会，不交，你的钱可以帮他解决一些问题。你生病了，好事呀，因为人在生病的时候尤其能感到生命与健康的可贵，可以获得亲人朋友更多的关爱。老婆不让你外去应酬吃饭打牌，好事呀，在外面胡吃海喝熬夜伤肠胃伤身体，哪里比得上在家陪老婆陪孩子一家人其乐融融……凡此种种，只看到好的一面，人生必定乐观开朗。（微博）

这人啦，见不得好东西，只要瞅上了，就渴望着占有，就想着把地上的花儿摘完，把天上的麻雀都捉尽。这可是人性中的弱点呀。有能力挑八百斤，只挑五百斤六百斤不行吗？干吗非得要去挑一千斤呀？何必把自己搞得那么累呢？人心不足蛇吞象。这做人，还真不要奢望拥有太多，这样，才会有一种平常的心态。可惜，大多数人都是俗人，好东西摆在面前，弯弯腰就能得到，要做视而不见状，也太难了。（微博）

佛普度不了我们，能救我们的是我们自己，这是对生命本身的珍重而不是对生命意义的追求与拘泥。佛语常教我们放下，他是对所有人说的，还是对拿得起的人说的？如果拿不起，谈什么放下？如果放不下，算不算曾经拿得起？其实，生活原本是没有意义的，如果我们不给它赋予意义，生命便像一片树叶一样生长飘落；如果我们赋予它过多的意义，生命便像一块石头一样沉重而无生机。（微博）

人真是一种奇怪、复杂而善变的动物，人生的快乐与痛苦，往往在于对彼此矛盾的东西的追求，而且追求的时候总是充满激情殚精竭虑，求之不得辗转反侧，可他满足的时间总是很短暂，总是要让新的、跟原来追求的东西相反的东西来疲劳自己的身心。(《皂香·下》)

生气若仅仅是拿别人的错误惩罚自己，那当然是傻的，但除了一个人生闷气，公开的生气十有八九是为了影响别人，控制别人，起码是为了证明自己的存在，引起被关注。难的是那个你以为他犯了错误的人，他有时并非故意在冒犯你，他甚至只是按照正常的行为逻辑在行事。在这种情况下，你把他当成生气的来源，会令他委屈。(微博)

好人的概念不能放之四海而皆准。你整天散财聚友陪朋友喝茶聊天，朋友认为你是好人，你老婆可能就会觉得你不够好。一般人眼里的土匪恶霸黑老大，可能对自己的老娘和儿女会很好。所以，我倡导做一个心存善念的人，尽量不害人害己，足矣！（微博）

在哪座山唱哪首歌是一种入乡随俗的方式
一種适者生存的手段。归根到底
都是在迎合他人
高仕則不同。他们
在哪儿都唱自己的歌
弹自己的琴。与其
主動出击不如等
着知音来覓
你的功底决定了别
人对你的态度

● 在哪座山唱哪首歌是一种入乡随俗的方式，一种适者生存的手段，归根到底，都是在迎合他人。高仕则不同，他们在哪儿都唱自己的歌弹自己的琴。与其主动出击，不如等着知音来觅，你的功底决定了别人对你的态度。

两性关系

战胜对手的方法有两个
一是用物理的方法剪除之
消灭之 二是在对手
的强项
上超越
换言之
对付老公
的方法也
有两个 一是在他
犯错时用各种手段修理他至
甩了他 二是 把自己变成狐狸精

兰花与剪刀与镊子

·婚里婚外·

能在男女关系方面起监督作用的，主要还是家里的"纪委书记"。但家里的"纪委书记"管这事有点力不从心，因为那些久经考验的高手们，有的是瞒天过海的本事。还有，就是家里的"纪委书记"投鼠忌器，老公位高权重，不仅是单位的领导还是家里的顶梁柱，即使明知道他在外面彩旗飘飘，也只能两害相权取其轻，得过且过算了。因为如果放开了管这事，很可能把他搞得声名狼藉，把你自己搞得身心疲惫伤痕累累，除非你自己不想过了，否则谁都不会破釜沉舟。能够在心理上安慰"纪委书记"的是，别以为外面只是任你潇洒的花花世界，搞得不好桃花运会变成桃花劫，你要不想鸡飞蛋打、家破人亡，你就得自律。

人生如戏全在演技精心策划的剧
本傾情投入的表演加一点运气你便
可能打動观众獲得喝彩
世不能推倒了重来而最重要的是每個人都是自己生活的主角
一旦找不到对手便没人陪你玩儿一旦找错了对手戏便很难演下去
浮石

人生如戏，全在演技。精心策划的剧本，倾情投入的表演，加一点运气，你便可能打动观众，获得喝彩与掌声。人生不如戏，不能彩排，也不能推倒了重来。而最最重要的是，每个人都是自己生活的主角，一旦找不到对手，便没人陪你玩儿；一旦找错了对手，戏便很难演下去。

最高明的驭夫之术

大学同学聚会上，宋歌借着酒劲不时直盯着二十年以来一直暗恋的虞可人，觉得她总是那样随意而静谧、清新而脱俗，就像一幅水墨小品。此时此刻，她小小的脸颊上泛着似有似无的潮红，不知是因为含羞还是发嗲而让脑袋与长长的脖颈构成一个好看的倾斜角度，而她的眼眸，正是他记忆中的那种顾盼生辉、春意阑珊。

不到十个人，喝了三瓶拉菲，一桌饭让宋歌花了差不多整整八千美金，但他仍然兴味盎然，提议到他下榻的酒店去唱歌。

“我踩着不变的步伐，是为了配合你到来，在慌张迟疑的时候，请跟我来……”

在别人唱歌的时候，宋歌揽着虞可人柔软的腰肢翩翩起舞，他的眼光审视了她的胯，仍然紧束而一点也不松垮，她高耸的胸部随着舞蹈的步子，时而向他靠拢时而向后躲闪，脖子与后背形成不断变幻而始终流畅、优美的弧线。在他的半握中，她的一只手小巧而绵若无骨，他实在忍不住，用一根手指头去挠扰它。他没想到，她的身体会一硬，立即把那只手抽掉。为了不扫他的兴，装着咳嗽不止的样子，甩开他去了卫生间。

从卫生间出来，虞可人向大家撒了一个谎，她说老公刚才来了电话，他明天要出差，所以她得先走一步，回家帮他收拾换洗衣服。

大家起哄，说你老公多大了？还把他照顾得像个孩子。

虞可人一笑，说，不管男人多大，他们始终是个孩子。

女同学啧啧讥笑，男同学却让她们学着点，说最好的驭夫之术，一是把老公当老爸，撒娇发嗲；二是把老公当儿子，会呵会哄。

宋歌执意要送她。她不让，她说不敢麻烦国际友人，这段时间查酒后驾车查得很厉害，万一碰上交警就不好办了。宋歌还是要送，他说他不怕交警抓他，他只怕回美国的时候飞机掉进太平洋。

在车上，宋歌为刚才的轻浮之举道歉，他说：“你真是一个好女人，我好羡慕他。”

见虞可人只轻轻一笑，宋歌又说：“不过，我听说国内有一官半职的男人，都有情人或在外面养了小三，是这样的吗？”

虞可人说：“这个我可不知道。你如果拿这个问题去问那些有一官半职的男人，得到的信息会更可靠。”

宋歌有点穷追不舍地说：“换一种问话方式，你相信他在外面没有情人吗？”

虞可人说，“他有没有情人，在外面养没养小三，是他的事，与我相不相信他没有关系。幸福的家庭必须起码有一个人肯吃苦头、甘愿做些牺牲，在中国，肯这样做的往往是妻子。”

也许觉得自己的回答太生硬了，她朝他偏着头，扬起圆圆的、略为上翘的下巴颏儿，一笑，说道：“男人为什么找情人？还不是因为情人给人的感觉是风情万种的，就像不食人间烟火的神仙妹妹。两个人在一起，要么看电影逛公园，要么喝咖啡品红酒，不知道几多浪漫几多情调，可这种情况能够持续多久呢？每次怕人看见不说，就那几件事弄来弄出也会腻味的，也会烦的，那种新鲜感终归要消失的。男人对家庭的需要是另外一回事，他依恋它，因为那是他最终的归宿和避风港。”

（《皂香·上》）

● 何为好鸟？在外面报喜不报忧，不轻易发表反对意见；在家里恩恩爱爱，说不尽的甜言蜜语。男人做到这两点，将大事有成，家庭幸福美满。

段子

当初就是真的跟初恋结婚了又怎么样？对她一直耿耿于怀，是不是仅仅因为她是你的状态——一个未圆的梦的状态？是不是就像失去了才知道珍惜的道理一样，没有得到的也总是让人念念不忘？当她真的成了你的老婆之后，每天的油盐酱醋是不是也会把浪漫的爱情之花淹死？是淹死还是腌死？谁能抵抗日常生活的那种单调、乏味？不是说重复刺激引起厌倦吗？谁能保证当初恋真的成了你的老婆之后，你们就会像美丽动人的童话的结尾一样，从此过上幸福的生活？（《青瓷》）

离婚男人的问题其实有两个：第一，该不该再结婚；第二，跟谁结婚。对于第一个问题，谁都说不好，结婚有结婚的好处，吃饭睡觉有固定的地方，平时有人嘘寒问暖，生活基本上有规律。但单身也有单身的好处，可以天马行空、独来独往，一人吃饱全家不饿。（《青瓷》）

老婆有时被称为纪检书记，负有对老公进行常备不懈地监督的使命，生怕他去犯作风错误。可是，越怕越出轨，随便到大街上抓个男人问问，看一辈子只跟老婆一个人睡觉的有几个，恐怕是比恐龙还难找。没有办法，这个社会对于男人来说，机会真的太多了。（《青瓷》）

一个二奶的老公——所谓的老公，怎么能够承担得起做这个二奶的孩子的父亲的责任？如果他还是另外一个女人的丈夫和另外一个孩子的父亲，他怎么可能同时成为这个二奶的合格丈夫和她孩子的称职父亲呢？所以，不管这个二奶多么爱这个男人，要想在男人没答应之前生下这个孩子，答案只有

一个字：蠢；两个字：好蠢；三个字：蠢死了。(《青瓷》)

婚姻、家庭就像一个玻璃瓶子，为了证实结实不结实，不能老拿一个金属棒去敲，也不能老往地上扔。因为等到你证实了它的结实程度，原来的婚姻呀、家庭呀也就破碎了，没法收拾了。(《青瓷》)

对于女人来说，男人可分为两种，一种是可嫁的，另外一种是不可以嫁的。对于前面一种人，你可以率性而为，尽可能表现你最真实的一面，因为你可能要跟他生活一辈子，没必要伪装。对于后面一种人，你可以现实一点，完全没有必要跟他讲客气。(《红袖》)

女人天生就是购物狂，商场上琳琅满目、花花绿绿的货色最能让她们入戏，想象占有它们之后可能获得的艳羡目光，最能让她们产生虚荣的幻觉和满足。女人当然也有走眼的时候，有些东西付款之前觉得非要不可，买回家一试，却怎么看怎么别扭，于是往柜子里一塞，就忘了它的存在。女人就是这样善变，不过，做老公的还真得感谢这种善变，因为她最多也就是跟人民币过不去，如果要把这种劲头用在男人身上，这社会可能更乱套。(《红袖》)

男人可以坏，因为男人不坏，女人就将失掉很多让男人引诱的机会。但你勾引她之后，必须洗心革面，重新做人。要呵护她，保护她，把她捧在手里，含在嘴里。你不能继续坏，否则她没有安全感。没有安全感的人最容易红杏出墙，要真碰到那档子事，你可不能怪她。(《红袖》)

夫妻关系是什么？说穿了就是一男一女搭伙过日子。也像两个人组建的有限责任公司，谁的实力和势力大，谁就是董事长。公司要可持续发展，稳定是最重要的。而在一个老公占相对优势的家庭里，稳定的基础是女方不要吵事。怎样才能让女方不吵事呢？要么，你就要把相对的优势变成绝对的强权，我说一就是一，我说二你不要说三。要么，你就得每时每刻给她安全感，让她觉得跟你在一起不知道有多么幸福甜蜜。总而言之，攘外必先安

内，你只有把家里的先安抚好了，才有时间和机会去领略外面世界的丰富多彩。(《红袖》)

男女关系的事可大可小，往往跟性别有一定的关系。对于男干部来说，该提拔没提拔，可能是因为搞了男女关系；对于女干部来说，该提拔没提拔，可能是因为没搞男女关系。既然这种事可大可小，组织上也就可管可不管。一般情况下，只要不涉及别人的利益，组织上只会睁一只眼闭一只眼。一是因为这种事太普遍，管不过来；二是因为有权管这事的人可能自己也有寡人之疾，多一事不如少一事，与人方便自己方便，干吗特意与别人的私生活过不去呢？当然，如果在这方面做得太过分坏了口碑，或者被竞争对手抓住了把柄揪着不放，给组织上添了麻烦，情况怎么样就很难说了。(《皂香·上》)

任何事件都有两面性，女人也有两面性。男人爱她们，也怕她们，因为如果遇人不淑，也很麻烦。在这种情况下，男人就不会昏头，会时刻保持清醒的头脑，尤其是那些在事业上还有上升空间的男人，他们是又要搞男女关系又不会让男女关系的事占据自己太多的时间和精力，精神和肉体都可以出轨，正常的夫妻生活千万不能出轨。(《皂香·上》)

西方发达国家跟中国有点不一样，那里的知识分子不允许你赞扬他们的孩子长得如何漂亮，因为一个人的长相主要受益于父母的遗传，跟自己努力不努力没有关系，对其赞扬是一种价值上的误导，以为靠外貌将来就可以在社会上安身立命。中国人却恰恰相反，赞扬孩子漂亮和听话，就好像是往父母脸上贴金，身为父母者没有不沾沾自喜的。各种传媒手段更是对美女经济推波助澜，连孩子也不放过，什么漂亮妈妈宝贝儿，屁点大的女孩子脸蛋儿本来自然红晕犹如玫瑰般鲜嫩欲滴，却硬给涂上胭脂，弄得活像小妖精。(《皂香·上》)

正常情况下，人们不会谈论一对结婚二十多年的夫妻是否有感情。在他们之间，感情不感情的，早已被日常生活的灰尘掩盖了。真到了考量两个人是否有感情的时候，一定是两个人的关系不正常了，就像某本保健书里说的，当你感觉到自己某个器官存在的时候，极有可能是这个器官出了问题。(《皂香・上》)

美国人与中国人的差别：中国人一直说美国人开放、随便，第一次见面就能上床；美国人一直说中国人开放、随便，上一次床就要结婚。(《皂香・上》)

结过婚的女人，通过对老公的了解，完全可能一叶知秋了解所有的男人。一个未婚女人，纵使她谈一百个男朋友，只要她没有结婚成家，就不可能完全透彻地了解一个男人，她们对男人只能一知半解、懵懵懂懂。说得不好听一点，她们甚至连自己是怎么一回事都不知道，能解什么风情，能懂多少男女关系？（《皂香・上》)

不是东风压倒西风，就是西风压倒东风，在婚姻关系中，总有一个谁吃住谁的问题。(《皂香・上》)

谈恋爱的时候是情人眼里出西施，其他的女人都是俗物浊物。结婚以后丈夫才发现不是别的女人入不了眼，是自己当初一叶障目，被遮住了双眼，这才发现原来外面遍地都是美女，反而是自己的老婆稀松平常，一身的毛病。妻子的感觉也差不多，谈恋爱的时候觉得只有自己的男朋友才温柔帅气、浪漫多情、任劳任怨、幽默风趣。结婚以后才发现，原来一切都是那家伙装出来的，一旦领了那个红本本，便摇身变回了猪八戒的原形，也不会说话了，也不能干了，也没情调了，连做爱都像是换了一个人似的，从头到尾居然可以默默无闻地工作，不说半句好听的话、调情的话。在这种妻子、丈夫都有强大的心理落差的情况下，家庭的篱笆牢得了吗？不一定推倒重来，但扎得不牢的地方让人钻了空子或者自己偷偷摸摸地钻出来溜一圈儿再回来总可以吧？所以这社会才有那么多婚外情。(《皂香・上》)

爸爸去哪儿？很多男人都理直气壮地认为，只要能挣钱回家就很不错了，其实他真的错了。老婆和孩子更看重的是一起相处和陪伴。

中国有句老话：人是铁，饭是钢，一顿不吃饿得慌。如果夫妻双方长时间的性生活不和谐，那么婚姻生活也是不够美满和幸福的。有时候男人们自以为是，总喜欢把责任推给女人，怪老婆不懂得推陈出新，也怪老婆不好好地尽做女人的本分，错都在女人。这当然是大男子主义，不和谐的性爱男女双方都有责任。男人不能只解决问题和只会享受，而不去发掘情趣和乐趣。(《皂香·上》)

大多数离婚的夫妻都是因为分居两地，没有正常的性生活，因为工作，为了挣钱，为了养家糊口，男人再难也要迎难而上、奋不顾身，而女人这个时候在想什么呢？别再幻想男人能够守身如玉了。因为守身如玉对于在外地出差、经常有应酬的男人来说是不现实的，不利于工作，当然也不利于团结。男人本来在外工作就辛苦，所以吃喝消遣也是有道理的，如果让男人守身如玉，那还不如直接把他阉割了得了。男人为了家不容易，女人也应该懂得理解。(《皂香·上》)

大多数男人，因为社会角色的原因，很多时候是不愿意把自己的痛苦和压力说出来的，而是经常埋在心里。这个时候，男人更需要理解和关怀。而女人还得照顾自己的家庭，家里也是有一大堆的事情，有个疏忽总是难免的。而日常生活的琐事太多，总是顾此失彼，天天面对电脑、电视、电话，生活彻底变成了单调的华丽，两个人也彻底变成了熟悉的陌生人。(《皂香·上》)

已婚的男人不想太早回家，他不想太长时间地面对家里的老婆。这个应该算是男人的通病，他们早已习惯了只把家里当旅馆，有事没事宁愿在外面瞎混。(《皂香·上》)

结婚之后跟配偶以外的人上床叫出轨，结婚之前跟别人上床叫玩激情。既然是玩激情便有了一种游戏的性质，而游戏是无需双方互相负责的。(《皂香·上》)

偷情的男人不敢在做爱之外的场合轻易地对情人说出那个爱字。因为女人对爱字的理解与男人截然不同，女人如果相信了对她说爱的那个男人，她会把他当成自己身心的依靠，向他交付她的身体、心灵和与他血肉相连的对未来生活的向往。她会依附着他、缠绕着他、占有着他，哪怕因此让他窒息而死也不管不顾。(《皂香·下》)

有家有室的人更喜欢到外面玩，也只有他们才能深刻体会到家花不如野花香的道理。道理何在？道理在于老婆总是忍不住把老公当私有财产，希望他出人头地，各方面都优秀，因此总是一双眼睛盯着他，一张嘴巴不放过他，恨不得把他当儿子来培养塑造，从而把他弄得不胜其烦，时刻想着到外面去呼吸新鲜空气。(《皂香·下》)

夫妻或情侣总是企图通过争吵深入地了解对方，表达对对方的期待，以为那是男女沟通、密切彼此关系的一种方式。其实，男女关系不是是非判断与数学题。不会忍让、与女人斤斤计较的男人最愚蠢，会陷入纠缠不清的烦恼之中而不自知。识大体的女人最聪明，总是会看中给她台阶下的男人，并回报他十倍的恩宠。(微博)

男人结婚之前得多谈恋爱，因为每个女人都可以教男人很多东西，经历的女人多了，才知道什么样的女人最适合你，是你喜欢的，你愿意从内心里为了她收心、专心致志地只爱她一个人而抵御其他所有的女人。当你还没有找到这样的女人或者自己做不到这一点时，别想结婚的事。(《青瓷》)

夫妻之间应该允许有点个人空间与秘密的存在，一旦所有的窗户纸被捅破，互相之间的神秘感就会消失殆尽。没有距离的坦诚相见会加速审美疲劳，两个人相处起来将会因为没有期待没有惊喜没有紧张感而清淡寡味。(微博)

老公穿衣打扮，是老婆个性与审美观的体现，老公如果穿着邋遢，脏里吧唧的，不是他的错，是他老婆没尽到起码的关心、体贴的责任。到时候，她老公要出轨，又多了一个理由。（微博）

感人至深催人泪下，惊天地而泣鬼神，这些词也许可以用到神话爱情故事上，现实生活中的家庭故事要真有这一出，怕是谁也受不了。家庭生活，其实也就是搭伙过日子，最难能可贵的是互相之间的信任、宽容与坚持，最大的敌人是日常生活的慵散与互相之间的厌倦……（微博）

爱情？爱情与婚姻从来就是两回事，爱情是激情的浪漫的，婚姻是理性的现实的。人们最常犯的两个错误，一是拿爱情的幻想对待婚姻，一是拿处理婚姻的方式对待爱情。在现在这个社会，爱情从来都不是空中楼阁，不可能仅仅是两个人之间的事。(《青瓷·窑变》)

这夫妻相处，有两个法宝：第一，批评之前先自我批评；第二，自我表扬之前先表扬对方。(《青瓷》)

对女儿和儿子，我还会继续说出、做出对他们的爱，即使有一天他们认为我已经很啰唆，我可能仍然不会停止。可是，我对父母的爱，我却仍然没有勇气说出来。我不知道我是否会有所改变，我甚至不知道会不会因此而纠结。但这不要紧，因为，即使上帝不会原谅我，我的父母也会。(《中国式关系》)

·男女博弈之道·

一般情况下，男人挣的钱，大多都是被女人管着。女人会很心安理得地想，挣的钱不往家里拿往哪里拿？那本来就是照顾家用的呀，以为只要掌握了家中的经济大权，就能掌握住男人的命脉，没有钱，看你怎么出去鬼混。而男人也要为自己的权利智斗一番，动不动也会留点私房钱，不过最好藏得隐蔽一点，被抓到可就不好了。这个问题很烦人，钱多了出事，可要是没钱，会出更大的事，够郁闷的。女人看钱看得紧不要紧，不过千万要注意个度，把握不好了，钱是留住了，可能男人的心也就越跑越远了。

想做好鸟有两个标准：在外面报喜不报忧，只唱赞，不随便发表反对意见；在家里卿卿我我，说不尽的甜言蜜语。做到这一点，则事事大吉也。

棋逢对手

黄逸飞是一家广告公司的老总，人虽然风流惯了，但一向秉承“兔子不吃窝边草”的理论，是不会对自己的女员工下手的。但偏偏有一个女员工安琪动了心思，决定为自己的前途搏一把。

安琪对自己自视甚高，她给自己总结的长处有三点：第一，高智商加漂亮（安琪常常将一句网络名言活学活用，不断对自己进行心理暗示：跟漂亮的女人比智商，跟智商高的女人比漂亮）；第二，有一手在同龄女孩子中难能可贵的烹饪手艺；第三，脸皮比较厚，可以把别人的挖苦讽刺当成表扬话来听。一天二十四小时，一个月有七百二十个小时，她不信她搞不掂黄逸飞。退一步来讲，她如果黏不住他，也几乎没有什么损失，她可以一边和别人来往，一边想另外的办法。

黄逸飞在为自己的居家安全担了一下心之后，接下来开始想安琪这个人是怎么回事。说实在的，他还真没有这方面的经验。有赖在他那儿不走的，但他只要态度坚决地表白自己是个花花公子，根本不想负责任，也负不起什么责任，那些女孩子就能马上搞清楚状况，从来没有谁寻死觅活地要跟他绑在一块儿。女孩子也是人，也得图个想头，你把人家的想头像掐死一只蚂蚁似地掐死了，她还缠着你不放，那不摆明着跟自己过不去吗？这世界多现实呀，与其一条道上跑到黑，不如轻轻地挥一挥手，转身到别的地方去找机会。你以为这个世界上就你一个男人呀？跟你做菜做饭下厨当老妈子，对不起，姑奶奶伺候不起。安琪却是主动请缨。黄逸飞想了想，觉得该说的重话也说了，这家伙又不是脑瘫，怎么会听不进去？

黄逸飞简单地回顾了一下昨天晚上两个人在一起颠鸾倒凤的情景。黄逸飞身经百战，对女人的鉴赏能力是很强的，他不仅给安琪打了满分，还分两次各给她加了十分。正在这时，安琪给他发了条信息：老公，我等你回来喝酒。

可黄逸飞这时根本不想跟安琪一起喝酒，有个段子用酒来形容女人，说处女是洋酒，男人总想尝一口；少妇是红酒，喝了一口想两口；情人是啤酒，爽心又爽口；老婆是白酒，难喝也要喝一口。黄逸飞准备诱惑安琪的时候，是把她当成红酒和啤酒的，她这会儿老公老公地直叫唤，在黄逸飞心目中，马上就降到了白酒的地位，而且是那种散装白酒，还不知道是不是用工业甲醇勾兑的。天啦，万一喝了假酒，不仅头会大，说不定还会死人呢。

黄逸飞追求女孩子，从来都是嘴巴上抹蜜，心里静如止水，而且一旦泡上，对方在他心目中马上就贬了值，他不可能为安琪坏了规矩，所以，压根就没打算回信息。

黄逸飞初步有了主意，这两三天他根本就不会回家，如果安琪一直赖在那儿不走，他会把另外一个女孩子带回去。真的要比谁的脸皮厚，女孩子哪里是男人的对手？哼，安琪，你还太嫩了。

（《红袖》）

春漾寿龍阳一亭人浮石寫於長沙并記之
曰天理，随時会在想象中的世界，遭到無情的審判与嘲讽，甲午新
不可以。如果有人企圖禁锢别人的精神自由，則不仅是反人类的，而且是
蹈，那是一種比及時行樂更高级别的生命体验。肉体是可以被捆绑与束缚的，精神
权利，像光，可以跑得很遠，飞得很深，在真善美的無穷疆域，衹着神仙的舞
受并很快让女人变成豆腐渣，让男人变成中药渣。精神的自由是一種天賦的
自由分为两種，身体的自由与精神的自由。前者最容易让人沉溺于感官享
从前有一只鸟，它喜欢翱翔天空，除了能够自由的
飞翔，莫非它还像人类一样有自由的思想。
浮石补白

从前有一只鸟，它喜欢仰望天空，除了能够自由地飞翔，莫非它还像人类一样有自由的思想？自由分为两种，身体的自由与精神的自由。前者最容易让人沉溺于感官享受，并很快让女人变成豆腐渣，让男人变成中药渣。精神的自由是一种天赋的权利，像光，可以跑得很远钻得很深，在真善美的无穷疆域，跳着神仙的舞蹈，那是一种比及时行乐更高级别的生命体验。肉体是可以被捆绑与束缚的，精神不可以。如果有人企图禁锢别人的精神自由，则不仅是反人类的，而且是反天理，随时会在想象中的世界遭到无情的审判与嘲讽。

段子

有的男人跟女人在一起的时候，从来不说我爱你，只说我真的爱死你了。这是有区别的。一个爱字是神圣的、庄严的，一辈子只能用一次。如果在它前后加几个字，便像纯酿中加了水，稀释得没有了杀伤力。有的男人在男女关系上做得很潇洒，既没有感情的投入，也没有扯不清的经济上的麻烦。(《青瓷》)

如果一个男人跟一个女人的交往是一场小小的战争，这场战争可不可以没有胜者和败者，也不要两个人都输呢？那就只有一种结果，就是双赢。生意场上大家都把双赢挂在嘴上，实际上是一种互利互惠，也许做生意真能做到这一点。但在男女交往的问题上，也能有这样的结局吗？（《青瓷》）

有句老话，叫一天不打上房揭瓦，讲的是孔夫子说的“唯女子与小人难养”的道理。从另外一个方面，也告诫男人对自己的老婆或者女朋友应该抱一种什么样的基本态度——就是不能太宠她。你要是太宠她了，就没有距离了，她会把你的宠爱发挥到极致，对你们的关系想入非非。你没心没肺的，反而让她们对你很依恋，但依恋不等于依赖，她们知道你始终靠不住，就不会把身家性命往你身上押，感到自己可能会陷进去就先抽了身。这叫不求天长地久，但求曾经拥有，也叫动什么都可以，就是别动感情。(《青瓷》)

什么是适度？什么叫分寸感？怎么量化？由谁来掌握？别忘了做感情游戏的是两个活生生的有血有肉的人，感情是最难把握的，你把握得了别人的感情吗？一时一事可以，一生一世呢？恐怕就不行了。按照这个标准，你不仅把握不了别人，你甚至把握不了自己。如果真的遭遇到自己也把握不了的感情，那就只有听天由命了。凡是存在的都是合理的，有什么办法?(《青瓷》)

女人要多留一个心眼儿，不要表现得太机灵。女人可爱不可爱，跟聪明不聪明没有必然联系。相反，很多男人似乎更喜欢跟傻乎乎的女人交往，因为花瓶一样的女人，更能给他们充分展示自己的机会，也会让他们更放心。(《红袖》)

对某些小姑娘的忠告：商品社会的本质就是交换，男人向你索取时，你得鼓足了勇气替自己开价。但千万不能太主动，女人太主动等于自贬身价。该说的话，一开始就要说清楚。如果开始就不明不白，到头来肯定是一本糊涂账，最终吃亏的还是你。(《红袖》)

女孩子也是人，也得图个想头，男人把人家的想头像掐死一只蚂蚁似的掐死了，她还缠着你不放，那不明摆着跟自己过不去吗？这世界多现实呀，与其一条道上跑到黑，不如轻轻地挥一挥手，转身到别的地方去找机会。你以为这个世界上就你一个男人呀？给你做菜做饭下厨当老妈子，对不起，姑奶奶伺候不起。(《红袖》)

为了一棵歪脖子树而失掉整片森林，那是多傻多亏的事呀。(《皂香·上》)

说到男女公平的问题，有一个比喻最形象：一把茶壶配五六个茶杯那是正常的，一个茶杯要五六把茶壶伺候，就有点贪得无厌了，难怪要出事。(《皂香·上》)

现在的人，不管是男人还是女人，都只要求别人对自己从一而终，内心里或暗地里无不以占有更多的异性而后快。所谓的忠诚义务，不过是弱者企

图捆绑强者的道德绳索。(《皂香·上》)

在男女平等的现代社会，男人怎么要求女人，女人也可以怎么样要求男人。你要求女人为你只知奉献，从不索取，首先你就要问问自己能不能做到，如果做不到，就不要讲这样的豪言壮语，那会被别人当相声或者童话故事听。与其这样，不如大家都有一本支出和收入之间的财务账，大家心知肚明地先把账算清楚，反而少了许多的羁羁绊绊。(《皂香·上》)

其实男女关系就是一种契约关系。比如说，用真心换真心，用感情换感情。当然，实际上的男女关系要复杂得多。但人与人之间的交换关系是亘古不变的，实在没必要否认和伪装。承认这个前提，再讨论两个人如何相处就简单了。(《皂香·上》)

人只要一来感情，事情就会复杂化，就可以见机行事。(《皂香·上》)

有些人认为男人对女人也好，女人对男人也好，只要有一点点略多于喜欢的爱就可以了，千万不能把自己弄得像浪漫小说里的主人公，那也太累了，是一种精神上有缺陷的表现。(《皂香·上》)

关于男人和女人之不同，曹雪芹借助贾宝玉之口，说过另外一段最著名的话，说女人是水做的，男人是泥做的。这话大有深意。俗话说，兵来将挡，水来土掩。水土自有相克之处，也有相生之处。万物生长靠太阳，也离不开水土。带儿子玩过陶土，陶土没有水成不了型，水多了也不行，会变成泥浆，拢不到一块儿。用到男女关系上，说明男人女人是一对相生相克的矛盾体，虽然有矛盾和差异，但更多的是不可分离。比如说，土没有水的滋润，马上会干燥得变成沙变成尘埃，一阵风就会被刮走。反过来说，水再怎么清，再怎么深，也要以泥土为依托。泥土要坚固宽厚，要拢得住水。水如果没有泥土的保护，要么很快变成水蒸气挥发掉，要么变成洪水猛兽。(微博)

好女人教不出好老公，只有坏女人才可能教出优秀的学生。为什么呢？因为在男人心目中，好女人唯一的标准就是他的妈妈，最容易从她那儿得到无需回报的爱，也就是最无原则的宠爱与溺爱。殊不知，这只会让这儿子变得自私自利、无法无天。(《青瓷》)

男人需要女人，女人也需要男人。因此，男人和女人完全可以建立起一种理性的、平等的、心知肚明的契约关系。这种男女关系将是一种良性互动的关系，将摒弃感情的纠缠与牵绊，将不存在谁欺骗谁谁欺负谁的问题。(《皂香·下》)

生活是过出来的，不是想出来的，只能碰到具体情况见招拆招。江湖险恶人心险恶，女人不能太依赖一个不靠谱的男人。这是不是教女人变坏呢？不是。只是让她多长一个心眼儿。害人之心不可有，防人之心不可无。再说了，女人变坏也是男人逼的，既为挣钱也为躲避伤害。(《皂香·下》)

相爱的两人之间一定会有些较量，男人说："我发现你'为什么'蛮多的，你是搞'为什么'批发的吗？一个老问为什么的人会给人巨大的压力，因为他会觉得自己老是处于一种被质疑的地位。"女人说："不对，他应该庆幸自己老是有一种可以发挥的机会才对，除非他心里有鬼，不想让别人知道。"（微博）

无论夫妻还是情侣，包容不仅是一种心怀，还是一种修炼与力量，它不是对别人提要求而是对自己提要求，只有内心强大的人，才能获得与维持那种叫爱的非一般的情感。（微博）

·狩猎与战争·

男人和女人互相看着时，那种对视是猎手与猎物的对视，没有回避。好像谁最先移开目光，就是示弱，就会立即落荒而逃，成为对方的牺牲。谁是猎手，谁是猎物？一般来讲，猎手还是由男人来充当比较好一点。如果最后变成了狐狸打猎人，那只能说明猎人太差劲而狐狸太狡猾。这一切，都取决于双方力量的对比。

● 在宠物眼里，主人就像上帝。可惜的是，这个上帝常做出一些反动物性的安排。他难道不知道，看得见吃不到是一种多么大的痛苦？他难道也要逼可怜的猫写出相见不如怀念的歌曲？鱼也是可怜的，长期生活在猫视眈眈的恐惧之中，迟早会忘了产卵生子。

并肩而坐的亲密

咖啡店与第一百货之间有家福利彩票点，洪均进去打了十注双色球，共两张，顺便买了两包槟榔。

王小薏始终与他保持着半个身子的距离，见他买了一包槟榔，伸手找他要了一颗。

这让洪均有点没想到，因为像王小薏那么年轻的女人，嚼槟榔的还真不多。实际上，很多女人是讨厌男人嚼槟榔的。

王小薏还记得第一次嚼槟榔的情景，她陪客户打牌，到凌晨四五点，实在熬不住了，就嚼了一颗槟榔，没想到身体一下子冒起了虚汗，脑袋更是晕晕乎乎起来。神奇的是，几分钟以后，她开始觉得神清气爽，似乎全身的细胞都被激活了。

她想让自己更兴奋一点。

咖啡店里人不多，空着很多卡座和包厢，洪均并没有征询王小薏的意见，直接选了最里面靠墙角落的一架小秋千。

王小薏不经意地一挑眉毛，心中不免一喜。她没想到这个男人还挺有情调的。如果他选择卡座和包厢，那么，等他坐下来以后她只会在他对面坐下来，而决不会选择坐在他身边。面对面坐着有一种距离感，双方都处于可以观察对方的最佳位置上，很容易产生视线冲突，产生一种对峙的感觉。坐在秋千上就不一样了，并肩而坐的距离是最亲密的，大家朝着同一个方向，注视相同的对象，很容易产生某种连带感。而且，秋千是用来轻轻摇晃的，在这个过程中，他如果把手搭在她肩上或者揽住她的腰，将会显得又自然又暧昧，算得上对她的一种颇显绅士风度的保护，而不会被认为有意揩她的油，就像认识不久的男女过马路时做的类似动作一样，那会让他们的关系更上一

每個人都是一座孤島，似乎命中注定了难以沟通。鸡
同鸭讲说的就是这种情况。究其根源，则不过是每个
人都有自己的立场与角度，乃至利益诉
求，一旦发生矛盾，便简单地归责对方
阳春三月浮石写并记之
各退一步
海阔天空
浮石又及

每个人都是一座孤岛，似乎命中注定了难以沟通。鸡同鸭讲说的就是这种情况。究其根源，则不过是每个人都有自己的立场与角度乃至利益诉求，一旦发生矛盾，便简单地斥责对方不是东西。其实沟通是没有极限的，良好的沟通是一种美德，一种你好我好大家好的基本生存技能。

个台阶。

王小薏暗自调匀自己的呼吸，准备接受洪均的挑逗。她毫不扭捏地跟着洪均坐在了秋千上。

坐定以后，王小薏歪着头，微微仰视着洪均，问："你还没告诉我哩，你是干什么的呀？"

洪均望她一眼，眼光朝上一跳，停在她发际的位置，然后一笑，说："相逢何必曾相识？我是干什么的并不重要，不过，有来无往非礼也，为感谢你请我喝咖啡，我也送一份礼物给你吧，但你得猜一猜，你有三次机会。"

王小薏说："那还用猜吗？你准备送给我的准是那五注彩票。"

洪均一激灵，不禁对她刮目相看，因为她猜对了。

洪均问她是怎么猜到的。

王小薏接过洪均递过来的彩票，把画得很精致的柳叶眉轻轻一挑，歪着脑袋轻轻地笑了。王小薏说："这太简单了，你打了两张一模一样的彩票，摆明了另外一张是送人的，只是没想到你会送给我。你想干什么呀？"

洪均说："你说呢？"

王小薏说："我要知道我就不问你了。不过，你送这种礼物给别人倒是很有创意。"

洪均让她说下去。

王小薏说："你拿这种礼物送人，哪怕是第一次见面的人，接受起来也没有什么心理障碍。因为它不像花呀或者别的小玩意儿那样带感情色彩，而是有一种玩笑和祝福的意思。花钱不多，却让受礼的人不由自主地在开奖之前抱有一个天大的希望，心想说不定就中了一等奖呢，因此心里还得老惦记着。"

洪均说："是惦记着中不中奖，还是惦记着送礼的人？"

王小薏说："当然是中不中奖了。"

洪均说："哦，原来你是一个财迷。"

"什么财迷？乱说。"王小薏回答他，一扭脑袋不满地斜了他一眼。她让自己的眼光介于瞟和瞪之间，而把自己的声音弄得稍微有点嗲。

听到王小薏用嗲得出水的声音嗔怪自己，洪均再次感到有一小股热浪从喉咙到胸口电似的过了一下。

洪均眯起眼睛看着她，说 :“我送彩票给你还有一个意思，就是看你旺不旺我。”

王小薏马上接口说 :“我旺不旺你？是你旺不旺我吧？”

洪均说 :“你还蛮女权主义嘛，好吧，看我旺不旺你也行呀。”

“你干吗要旺我？你是我什么人呀？”

“当然是你身边的人，难道我是你上面的人呀？”

王小薏显然听懂了洪均的暗示，脸不禁一红，她剜一眼洪均，不禁轻声说了一句讨厌。

（《皂香·上》）

段子

走了张三有李四，这世界缺金子缺银子，花枝招展的小姑娘，满大街都是。(《红袖》)

一般来说，男人不是什么好东西，但这是说你不能太把男人当一回事，你能靠的只有自己。也就是说，你不能把他当一生一世的寄托，只能当一时一事的依靠。男人不像女人，你知道一个男人需要几个女人吗？我告诉你吧，起码四个。首先，他需要一个老婆，老婆就像自动表，不上弦照样跑；其次，他偶尔会去找小姐，小姐是电子表，越新鲜越好，用了之后还能随便扔了；第三，他要一个小秘，小秘是怀表，越隐秘越好，男人心里头空，心里要没有个东西揣着，还真不知道怎么着才好；最后，他还需要一个情人，情人是手表，越漂亮越好，这是男人的面子工程，比不过别人，那可如何是好？你看，男人是一种多么贪心的动物，他各种表都想要，只要把时间掌握好。(《红袖》)

男人都这么花心，女人如何是好呢？女人了解了男人，与其想办法去改变他，不如好好地利用他——有才华的可以当顾问，长得帅的可以做情人，挣钱多的可以当相好，有势力的可以做大哥，顾家的当替补，看着顺眼的玩偶遇，智商高情商也高的留下来给孩子做爸爸。(《红袖》)

说到底，男人是离不开女人的，女人可能是害人精，也可能是安慰天使。对于男人来说，和女人做爱，至少可以当安眠药。和女人交往的时候，如果你受到了伤害，只能证明你自己的皮太嫩。(《红袖》)

有些人对于女孩子是不是因为钱才跟他在一起，是这样考虑的：既然钱是个好东西，那么有钱的人也就是个好东西，钱是人赚的，谁都想赚钱，你赚到了别人没赚到，证明你比别人有本事有能耐，吸引女孩子那就很自然了。硬要把人跟钱分开，不仅不科学，还等于自我贬低，那才叫认钱不认人。至于你愿不愿意把钱花在女孩子身上，就看她值不值得花，就像你喜不喜欢宝马奔驰劳斯莱斯和你是否会去买一样。把自己当人，把与自己相处的女孩子当物，你就能维护有钱人的优越感，你跟她之间的关系，也才会变得简单。跟女孩子的关系太复杂了可不好，那会变得很不好玩儿。(《红袖》)

搞这个动词含义极其丰富，与弄、办、干同义，用在男女关系上，已经有了一种粗俗的意味。(《皂香·上》)

两个人做爱与其说是物理学意义上的活塞运动，不如说是一门综合性的行为艺术，是两个人感觉（包括视觉、触觉、听觉、味觉、嗅觉）、心智、情绪表达方式以及平时生活中的一些小动作，全面碰撞到互相渗透到求同存异、化敌为友到各取所需直至步调一致实现双赢的错综复杂的美妙过程。怎么可能指望跟每一个人的每一次做爱都那么尽善尽美呢？这里，人的因素是第一重要的。这并不是一句废话，也正因为它并不像在流水线上制造工业产品一样有固定的模式，而是一种带有偶遇性色彩的即兴创作，所以，旗鼓相当可遇不可求的性伙伴，才显得难能可贵弥足珍惜。(《皂香·上》)

对于向自己索取的女人，男人总是心存戒备的。他们是一种主动型的动物，你只要一味地对他好、对他千般温柔万种风情，他就会尽其可能把一切都献给你。因为只要哪个男人动了宠爱一个女人的念头，或者因为一个女人付出实在太多，到了觉得自己亏欠她的程度，这个男人就再也难得离开这个女人了，他豪情万丈地发起傻来，甚至愿意把心掏出来给她。(《皂香·上》)

有个段子，说男女之间最大的区别就是取长补短，各取所需，我没有的

找你要，你没有的找我要。看，多简单。不用自己搞自己。(《皂香·上》)

男人要是看上了一个女人，总是恨不得让这个女人立即为他宽衣解带，但一个女人要想真正获得男人的尊重，就不能让他轻易得手，因为容易得到的东西不容易被珍惜，你就是作秀也要充分表现出自己的矜持。实际上，他如果真的要娶你，可能更看重你是不是一个规规矩矩的女孩子。(《皂香·上》)

古人云唯女子与小人难养也，近之不逊，远之则怨。跟同事拉拉扯扯简直就是昏了头，到时候爬到你头上来拉屎拉尿怎么办？即使她能摆正自己的位置，你可瞒不了其他同事，人心隔肚皮，你知道他们会怎么想，又会怎么到外面去嚼舌头？女的也许想争宠，男的也许会吃醋，对手也许会使绊。一旦有了这样的事，你的单位马上就会成为是非窝。(《皂香·上》

谈情说爱最没有技巧的动作是直奔主题，最高的技巧是若即若离，吃得到不如吃不到，吃得饱不如刚刚好。(《皂香·上》)

对付女人，使用蛮力是最低手段，那是最不可控的，常常会事与愿违，说不定还会因为几秒钟的快乐而毁掉自己的一生。初级形式是撒钱，那是一种最没趣味的方式，交易性质太明显。中级阶段是情感迷惑，那是一种需要把前戏做得很充分的技术活，其风险在于你想谢幕了，跟你演对手戏的那个人可能还余兴未了，这就可能免不了纠缠与被纠缠以及别的枝枝蔓蔓。最高层次，则是精神控制，她是你的汤你是她的菜，她是你的粉丝你是她的君王，在你面前她已彻底迷失自己，你想怎么搞就可以怎么搞。(《皂香·上》)

偷情当然是刺激的，可以让激情得到最充分的迸发。但偷情同样给人带来挥之不去的罪恶感，即使常人享有的平凡生活对他们来说都是一种奢侈——比如说和他什么都不干，就像一对老夫妻似的在家里待着，有一搭没一搭地说着话做着事；比如说和他牵手到公园里散步或在超市、商场闲逛；

比如说他们见面的地点不总是在小窝里也不总是他们两个人，而是在任何一个也许平常得不能再平常的地方，和他的朋友或她的朋友或他们共同的朋友在一起。(《皂香·上》)

女人的身体这种抵押物到底值多少钱，跟男人对她的尊重程度、喜爱程度有很大的关系。男人要是真的爱你宠你，他可以为你一掷千金；男人要是看不上你，你就是倒贴钱给他，他可能对你都没有兴趣。(《皂香·上》)

情人关系与夫妻关系有很大不同，两个人因为没有油盐酱醋茶等世俗生活的羁绊，见个面都因为机会难得而像过节似的，便有意无意地总是掩饰自己不足的一面，尽量展示自己优秀的一面，彼此传递的信息都是正面的，比如说信任、好感、宽容、隐忍、彼此迎合等等，这会使他们总是像在度蜜月似的亲密无间。所以，要做第三者的第三者难度可想而知，如果不能找准他们之间的薄弱环节并采取一种行之有效的强大攻势，自己说不定会被当成可笑的小丑。(《皂香·上》)

热烈的爱情也许能存在于婚外情之中，但前提和基础是对别人和自己的欺骗，当然不会拥有长久的核心竞争力。(《皂香·上》)

爱是什么？是一种互动。互动是两个人的事，不是一个人的事，必须两个人一起努力，一起奋斗，一起共同创造。如果他不想一起努力了，不想一起奋斗了，不想一起共同创造了，你能有什么办法？你能绑架他吗？捆绑是成不了夫妻的呀。(《皂香·上》)

不要爱上已经十分优秀的男人，因为他可能会最终毁掉你整个人生。不要爱上出类拔萃的女人，因为她可能会在某一天把你变成跳梁小丑。男人从爱上优秀的女人那天开始，就等于在与世界为敌。(微博)

追女孩子就得胆大心细脸皮厚。谈恋爱的技巧，一是坚持，二是臭不要

脸。谁能坚持臭不要脸，或者臭不要脸地坚持，谁就是情场上的终极英雄。（微博）

男女之情最开始总是美好的，至少是刺激的，这是不值得夸耀的。值得夸耀的感情又分三个层次：一，双方为了维护感情而愿意隐忍对方的缺点与毛病；二，在超过百分之六十的事情与时间里，主动照顾到对方的感受，并懂得用善意的谎言与甜言蜜语哄对方开心；三，双方都因为对方的存在而努力把自己变成更好的人。（微博）

要让一个人爱上你的办法有一百种，最简单的一种，是让他为你吃醋。（《青瓷》）

男女交往互相之间刨根问底，很大程度上都是为能否上床做准备。既然已经上过了床，其他的求知欲就不是很强了。（《青瓷》）

男女之情最大的敌人是新鲜感过后的相处之道。爱是不需要证明的东西，自证爱情搞得不好就成了纠缠，要求别人证明爱情搞得不好就成了威胁。激情过后还能轻松、自然、简单、宽容、理解地相处的人有福了。男女之情另外一个最大的敌人是时间，相处的时间越久，不管中间是否曾经十次百次地想过要分开，只要他们还在一起，还能互相打趣，还能产生亲吻对方撕咬对方的冲动，那就仍然有爱。（微博）

男男女女往往在各自孤独、寂寞、软弱和空虚的时候，急于寻找另一半作为肉体的填充物和灵魂的归宿地，以一种借贷者的心态从对方身上吸取温暖与力量。其实，他们更应该在自己充实的时候，在自己力量勃发的时候，寻找具有同样正能量的另一半，在互相鼓舞互相发光发热中获得快乐与幸福，不是吗？（《皂香·下》）

谁说的，男人经历女人就是经历成熟，女人经历男人就是经历苍老？当一个女人对你说一遇见你我就傻了，作为男人，你会真把她当傻子吗？当然不会，你会爱她、疼她、宠她。那个女人会经历苍老吗？只怕会越来越滋润越来越美丽吧。（微博）

在亲密爱人中，我们常常互相欺骗与隐瞒，甚至有意扮演着骗子的角色，我们并不是要故意伤害对方，正相反，我们总是错误地以为那是一种害怕伤害到对方、讨好对方，并获得对方钟爱与肯定的一种最经济的方式。其实，在两个相爱的人中间，最可贵的是真情实感，就是偶尔吵吵嘴生生气又何妨，如果有爱，对方一定能够感受到。（微博）

没有完美的男人和女人，但年轻男女偏要追求完美，这是其最常犯的错误之一。经过三段不成功的感情足以让女人对天下所有的男人失望，其结果是她找的伴侣越来越差，不是男人真的一个不如一个，而是她对男人的苛求赶跑了本来愿意善待她的男人。男女愉悦相处的秘密是包容对方的缺陷，是建立在互信、互谅之上的互动。男人也会对女人失望，但男人即使对一百个女人失望，当他对一百零一个女人发起进攻时，仍然相信下一个是最美好的。（微博）

·火星人与金星人·

何谓男女有别？比如说男人女人都撒谎。女人说讨厌你、对你吹毛求疵，可能是爱你的表示。男人说爱你、给你送花送钻戒、说愿意为你而死，可能是在说假话鬼话，目的可能不过是为了骗你上床。看女人对你是否真心，要看她的眼睛里是否总是有如水柔情，看男人对你是否真心，要看他下床之后是否还对你呵护备至。

同样是一只鸟一块石头，對于樂观的人来説，它
们就像一对好夫妻，因為它一个人喋喋不休
時另一个總在默默地傾听，對于悲观的
人來説情况却很糟糕
因為石頭總是不
滿鳥老是踩在自己
頭上还老拉屎，鳥却嫌
棄石頭半天憋不出一个屁
甲午三月浮石寫并记之

● 同样是一只鸟一块石头，对于乐观的人来说，它们就像一对好夫妻，因为当一个人喋喋不休时，另一个总在默默地倾听。对于悲观的人来说，情况却很糟糕，因为石头总是不满鸟老是踩在自己头上，还老拉屎，鸟却嫌弃石头半天憋不出一个屁。

无法承受的爱之重

曾真确实怀孕了。张仲平心里一个劲儿地埋怨自己，怎么会这么不小心。又想，曾真想干什么呢？该不是想拿孩子来胁迫他吧？

曾真问：“怎么啦老公，你不想要我给你生个儿子呀？”张仲平说：“怎么可能嘛？”曾真说：“我不是早就把工作辞了吗？就待在这儿，年把时间，孩子就生下来了。”

张仲平心里有点烦，又不好发火，只好说：“你别做傻事。”

曾真说：“我知道你的心思，所以，孩子我会去流掉。不过，仲平，我们说着玩儿好不好？你真的不想要我给你生个儿子吗？”张仲平一下子又警惕起来。曾真是何等聪明的人，他刚才身体突然一缩，她就感觉到了。她赶紧说：“不，你不要误会，我不是拿话试探你。我知道我们俩的这种关系，生一个非婚的孩子，那是不可能的。我倒是不在乎，可是，既然你的思想还没通，我就不会任性。我不想让你痛苦。何况，我胜算的可能性有多大？你知道吗？仲平，我真的好爱你，我不能冒失去你的风险。所以，我刚才对你讲的要去流掉的话，是真的。可是，我又想知道，你想过没有呢，我们生个儿子，又帅又聪明，举手投足像死了你。你想过没有呢？”

张仲平只要点点头或者摇摇头就可以了。曾真说了她只是说着玩儿。可是，张仲平却觉得点头或者摇头都很难。他相信曾真作的决定是真实的。她已经坦白了，她在作这种决定的时候，已经替他和自己衡量过了面临的障碍，已经预见到了他和她的得失和输赢结果。但女人往往看重的是你的态度。曾真会不会因为他的态度而改变自己的想法呢？所以，这头是轻易能点的吗？可是，如果不点头情况会怎么样呢？曾真作出流产的决定，为他着想的成分，自我牺牲的成分毕竟多一点。当女人爱上男人，那是什么蠢事都敢做的。但是，做蠢事的女人就是蠢女人，她心中即使有满得要往外流往外冒的爱情，如果做了蠢事也还是一个蠢女人，有这种爱情的女人只会让人觉得可怕。因为爱情的目的不是为了痛苦或者毁灭，而恰恰是相反，是为了快乐和新生。所以曾真的决定是理智的决定，她毫不犹豫地准备用自己的痛苦消除他的隐患，使他心里一下子轻松起来。他想到了自己刚才伸手抱她的那个动作，她说对了，他的那个肢体语言，是对她的感激与嘉许，可能还有一点歉意，使他觉得对她的爱又增加了一分。如果说男人爱女人的证明方式就是娶她，那么，女人爱男人的证明，就是想给他生个孩子。这是女人所能想到的最顶格的爱情表达方式。女人为了不给这个男人添麻烦，决定拿掉孩子，她对这个男人的爱就已经到了差不多不惜牺牲自我、失去自我的程度了。现在，这个无私的女人，可能希望得到的只是那么一点点精神上的慰藉，而你甚至都准备摇头拒绝？你忍心吗？

（《青瓷》）

内心坚毅的人更容易敬畏柔软的力量，比如说水，石头能挡住水，但水最终将滴穿石。水向下并不值得嘲笑，那恰恰是它前进的一种方式。

段子

两个人想法一致，怎么去做便只是一个技术性的问题了。尽管产生想法和实施这个想法之间尚有很大的距离，但女人往往看重的是你的态度。(《青瓷》)

没有了愤怒的残暴那还算残暴吗？那种又像痛苦又像快乐的喊叫，那种面部肌肉奇怪的扭曲，跟平时做爱的时候有什么区别？（《青瓷》)

其实不管男的女的，哪个人不爱财好色？爱财好色不是病，不爱财好色才不正常。因为这是人的本性。当然，由于人们身份地位不同，对此可以有不同的表述方式，比如说爱财可以说成是有事业心，好色可以说成是重感情、追求爱情。(《红袖》)

男女关系的事情不管怎么样随便，在外人面前，也还是得藏着掖着，尤其对于女人来说更是这样，这是一种最起码的自我保护。如果你在别人眼里人皆可夫，就像一辆谁都可以上的公共汽车，你还有什么含金量？(《红袖》)

俗语说，一个成功的男人后面肯定有一个优秀的女人，一个成功的女人上面肯定有一群优秀的男人。(《红袖》)

女人是一种不太好理喻的动物，她们的名字早就不叫弱者了。在她们美丽的面孔下面，往往长着锋利的虎牙（如果不是獠牙的话）。当然啰，如果你不拜倒在她的石榴裙下，她对你可能也没有多少办法，但你只要从她那儿拿走一点儿什么，她一定会加倍地从你身上讨回来，很多男人的生活就是这样被毁掉的。这就像猫和老鼠的关系，在和她们的交往中，如果能够做到心不动身子也不动，你就是掌控大局的猫，如果忍不住偷了腥，你立马就会变成老鼠，什么时候被人玩儿死还真不好说。(《红袖》)

不分男女，绝大多数人都是以貌取人的，长得美的女人和长得帅的男人，总是能比其他人更容易得到职场和感情方面的机会。这里并不主张整容，而是提倡后天的形体训练和精神修为。如果把每个人都当成是一件器物，身材则是外形的整体表现，千万马虎不得。但身材是静态的，走路的时候才是灵动的，不仅能传递性情、修养、精神状态之类的信息，还能把它变成一件艺术品，使它具有音乐的韵律和舞蹈的灵动。(《皂香・上》)

什么是成功？成功是无数失败之后开出的鲜花，成功就是差一点点失败。女人最喜欢什么？甜言蜜语。这是男人成本最低的一种支出，嘴唇一碰就可以口吐莲花。(《皂香・上》)

有人说最好的驭夫之术，一是把老公当老爸，撒娇发嗲；二是把老公当儿子，会呵会哄。(《皂香・上》)

男人把女人当牲口，女人还不是一样可以把男人当畜生？不平的事情总有扯平的办法。(《皂香・上》)

有句老话说得好，女人希望成为她爱的男人的最后一个女人，男人则希望成为很多女人的第一个男人。(《皂香・上》)

这世界有多少想入非非的男人，就有多少经不起诱惑、水性杨花、想入非非的女人。男人是一种靠下半身思考的动物，女人则是一种善变的动物，她们的欲望像一堆乱麻一样千头万绪，她们何尝不想从不同的男人身上获得

宠爱、重视与呵护？（《皂香·上》）

男人心狠，不会在跟你分手后还惦念你、怀念你，和你在感情上纠缠不清，他会把精力花在未知的事情上，寻找新的刺激。沉湎于过去那是女人干的事，这事还挺傻，因为一不小心就会把自己整成怨妇，从而浪费了自己的青春与机会。（《皂香·上》）

男人好色，女人一样好色，只是男人更习惯于主动施予，以显得自己有男子汉气概，女人更习惯于被动接受，以显得自己是被追求的、有面子。所以，男人要想征服女人，必须给她预设充分必要的理由。（《皂香·上》）

男女之间的友谊要么是性关系的前奏，要么是性关系的余韵。当然，有的男人不相信爱情，认为那不过是一种感觉良好的自我欺骗或者相互欺骗。（《皂香·上》）

男人需要女人，也怕女人跟他惹麻烦，于是，不惹麻烦便成了男人对女人的最基本要求。（《皂香·上》）

男人不是为爱情而生的动物，他们的野心是面对外面惊险刺激的大千世界，情呀爱呀什么的，只是他生活的点缀而绝不会成为他野心的羁绊。女人正相反，在感情上，她们是狭隘的、固执的。因为她们脆弱，所以一旦抓住什么，便会像瞎子打架似的不松手。她们的野心是通过控制某一个男人而占有外面的大千世界，她们如果爱上了你，会要求你对她全心全意、毫不保留。（《皂香·上》）

工作压力大，生活节奏紧张，男人很容易把自己的工作情绪带到家里去，结果到上床睡觉的时候还在想工作上的事，神都没回来，怎么提得起兴趣？更别说能睡好觉了。而现代女性大都也不再是家庭主妇，而是有着自己的事业，自尊心、自信心也被工作逼到了极致。她们也常常硬着头皮工作，回到家里也是疲惫不堪。而在这个时候，男女双方最容易产生矛盾，情绪也会比平常暴躁。其实，高质量的性生活是可以成为减压药、安神药、安眠药的，可惜许多女人却未能很好地利用。(《皂香·上》)

男女有别，尤其是思想观念特别明显。男人和女人的经济观、世界观和人生观，在婚后往往随着岁月的流逝而拉开距离，男人的思想观念会发生翻天覆地的变化，而女人则往往原地踏步，匍匐不前，于是，很多问题就来了。距离可以有，但绝对不能拉得太开，否则就会随着时间的推移而让夫妻的感情有了隔阂，所以思想原地踏步的女人们一定要努力与时俱进才行。(《皂香·上》)

男人看中的是女人的外表，而且既看综合成绩也看单科成绩，什么意思呢？男人可以因为女人身体的某一部位中他的意而爱上她，哪怕她只有一个优点，有一点点可取之处，都可能让他动心，他的爱来得很随意，所以男人的爱总是来得快去得也快。女人爱男人不一样，主要看他的综合成绩，最高分可以迷倒她，但还不足以让她献身，如果某项单科成绩太差，还是可以一票否决。(《皂香·上》)

一个女人，当她开始怀疑对方是不是还爱自己的时候，对方十有八九已经不爱了，因为当一个男人还爱着你的时候，他最想给你的便是安全感，他决不会让你惶惶不可终日。是的，他不爱你了，而你却还在为是否接受这个事实而挣扎。(《皂香·上》)

女人和男人不一样，女人和男人相处久了，会越来越爱他，对他的希望会越来越多，对他的要求会越来越高，恨不得整天黏在一起。男人却正相反，男人和女人相处久了，会越来越习以为常，会越来越不把她当一回事，会要求她理解他，会要求她给他更多的时间与空间，这还是客气的和有良心的。其实，从本性上来说，男人总是喜新厌旧的，他们喜欢女人但不会心甘情愿在一个女人身上长期耗着。他们把在不同的女人身上的冒险与刺激，当成是保持旺盛生命力的一种方式。男人永远对女人感兴趣，但不是指同一个女人，而是指不同的女人。要是哪天男人对女人提不起兴趣了，就只有两种情况，要么他病了，要么他已是耄耋老矣、行将就木。(《皂香·下》)

女人最大的冒险就是爱上一个男人，因为一旦爱上，便再也分不清爱与生活的关系，她无时无刻不把与那个男人的关系丝丝入扣地与她的生活勾连起来、渗透进去。可是，男人岂是一种受人约束、听人摆布的动物？这就会使两个人交往的过程与结果均充满不可预知的因素与变数，而始终是伤不起的女人容易被伤害。(《皂香·下》)

男人如果把百分之五十一的心思和精力花在一个女人身上，那他超过百分之九十一的可能性是吃软饭的。有点事业心有点出息的男人，在日常生活中忽略他身边的女人几乎是必然的，特别是在两个人的蜜月期过后。你是男人的阵地，他把那旗杆往你那山头上一插就完事了，别指望他还会在你那一亩三分地上给你拾掇拾掇什么花花草草。你要夸大其词受不了这个，就容易产生间隙，就容易让男人觉得麻烦，烦你是肯定的。(《皂香·下》)

总有一些东西要被人铭记于心，对女人来说，可能是某个节日，对男人来说，可能是某个人本身。也许，这来自于人类早期洞穴生活的遗传——守候在洞穴中的女人，对时间更为敏感，因为那关系到她需要等到什么时候，才能得到聊以果腹的食物和赖以御寒的兽皮。在外面冒死奔波的男人，则对大自然的变迁和风向更为敏感，因为那是种种气味传播的媒介，他将借此判断即将遭遇的野兽，是必须避开的天敌，还是可以猎杀的牺牲。女人的思恋总是带着淡淡的哀怨，更注重两个人的陪伴与缠绵。男人则是天生的行动派，更注重于女人的味道带给他的温柔感与安全感。他和女人肌肤相亲更多的是为了快速进入睡眠，以便有足够的精力应付外面的风雨变幻……（微博）

聪明的男人都会对老婆好，对老婆好就是对自己好。这是因为，把老婆当公主，你就是王子；把老婆当皇后，你就是皇帝；把老婆当保姆，你就是保安；把老婆当丫鬟，你就是太监。所以，想当皇帝还是想当太监，就看你对待老婆的方式。同样的道理，聪明的女人都会对老公好，对老公好就是对自己好。这是因为，把老公当爸爸一样孝顺着，你会得到女儿般的娇宠；把老公当儿子一样呵护着，你会得到母爱般的依恋；把老公当赚钱的工具，你就是遭人忌恨的老板或性工作者。（微博）

男人没想法是可怜的、可悲的，女人太有想法，是可敬的、可怕的。（微博）

包括达尔文在内的学者已证实，男人的好色是由最根本的遗传利益所决定的，无法通过意志力、社会道德与阉割解决好色问题。难得的是女人，除非自己也好色，以达到与男人的平等，否则，她在追求功成名就的男人时，便决定了终有一天要被背叛的命运。因为尽管男人皆色，但只有权钱双拥者才有实现的可能与便利。（微博）

男人总是更容易喜欢快乐健康的女人，而女人总是更容易喜欢理解她们郁闷痛苦等负面情绪的男人。简而言之，男人欢喜他的伴侣是快乐的，女人则要让男人知道她为什么不快乐。这说明，男人是一种注重身体感受的动物，女人则通过男人感受其痛苦的能力，来检验男人投资与感情的卷入程度，她们更注重安全感与未来。（微博）

坏男人足以毁掉一个女人的一生，坏女人往往能教出最优秀的男学生。（微博）

如果女人撒了谎而男人不闻不问，是男人太不负责任了，就是一种纵容。如果男人问女人，她们却拿假话敷衍，证明她们在做人方面出现了原则问题。她们编瞎话，也得男人信呀。如果她们说假话男人也信，她们今后会百无禁忌，因为哪怕是做了坏事，只要撒撒谎就能糊弄过去，而无须支付任

何成本。（微博）

男女关系是一种变幻莫测、充满不可预知的风险，如果一个人连自己的主都做不了，还能做得了别人的主吗？你把一件事看得太重，你自己会很容易失望；你把一件事看得太轻，你会很容易让别人失望。人与人之间相处，真的需要良好的沟通，一是不带情绪，这使我们能够理性客观；二是必须面对面，这使信息不至于变形丢失。（《皂香·下》）

男人谈话是为了证明自己的存在、价值、个性、见解，总之是为了明确自己在关系中的地位。女人谈话是为了情感，重点是为了被理解，因此女人的闺蜜往往是与自己有相似性以及相仿经验的人。（微博）

子曰食色性也。现代生物学知识也告诉我们，在进化中，不管男的女的都倾向于从短期性关系中受益，所谓受益就是为后代获得更优秀的基因。换句话说，男的女的其实都是好色的。这个结论是很科学很严肃的，并非为随意的性行为辩护。（《中国式关系》）

如果一个人毫无禁忌，他确实可以随便“性”，但很多问题可能会接踵而至。而当人可以随性而为或不为的时候，证明他起码有了自律，而自律可能是一种伟大的力量。（《中国式关系》）

·女人，生而为爱·

即使最坏的男人也有女人去爱，因为女人总是比男人更相信爱情的力量，总是自以为是地认为可以改变自己爱的男人。她甚至可以把改造与拯救某个男人当成自己的事业，她们在从事这项事业的时候，还很容易把自己当成侠客。女人一旦爱上，真是又傻又固执。其实，她们爱的往往不是男人而是自己对男人的那份感情，这就是女人一旦爱上总是不肯认输、不肯轻易放手的根本原因。

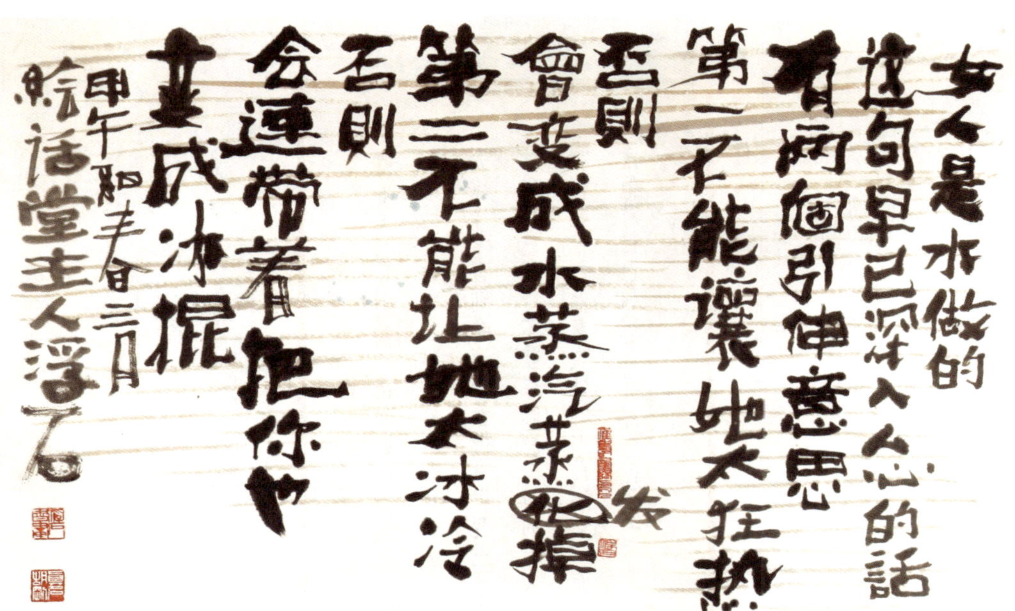
女人是水做的
這句早已深入人心的話
有兩個引伸意思
第一不能讓她太狂熱
否則
會变成水蒸汽蒸发掉
第二不能让她太冰冷
否則
会連帶着把你也
變成冰棍
甲午初冬十二月
繪話堂主人浮石

问题是
女人并不
喜欢对自己
不冷不热
或忽冷忽热的男人
对于她不爱
的男人
她有可能
喜欢她喜
欢她的那種
感覺
而对于她
爱的男人
她会要求
她对自己
呵护倍至
鍾爱一生
浮石
寫并記
之
又及

女人是水做的，这句早已深入人心的话有两个引申意思：第一不能让她太狂热，否则会变成水蒸气蒸发掉；第二不能让她太冰冷，否则会连带着把你也变成冰棍。问题是，女人并不喜欢对自己不冷不热或忽冷忽热的男人。对于她不爱的男人，她有可能喜欢他喜欢她的那种感觉；而对于她爱的男人，她会要求他对自己呵护备至，钟爱一生。

谁知女人心

她跟他在一起已经大半年了，她开始慢慢地熟悉他，习惯他，甚至有点爱他了。但是，有时候，她又觉得他是陌生的，是自己完全不了解的一个人，两个人的距离相差很远。她在省城，他在离省城四五十分钟的另外一个城市。这是他们之间的空间距离，她说的距离不是这个，是一种心理纬度。有一点却可以肯定，她是想完完全全爱上他的，但她同时很清楚地知道，他似乎并不希望她这样做。他一开始就告诉她，他不想改变现有的生活。现有的生活指什么？指的就是他是有妇之夫这一铁的事实，他的妻子怎么说呢？很爱他。

“你也爱她吧？”她曾经煞有介事地问过他。

他望着她，很认真地点了点头。在这一点上，他不想跟她打马虎眼。

“那我呢？我算是怎么一回事？”她挣扎着问。

“那不一样。我爱你，这也是毋庸置疑的。”

这就是他的逻辑。

有很多次，她想冲着他咆哮，想抡起拳头捶打他的胸脯，特别是当她觉得越来越依恋他，没有他自己就会彻夜失眠想东想西的时候。

她还是忍住了，用强挂在自己脸上的笑容，用努力表现出来的不在意。有什么好问的呢？她和他的关系，只要一句话就说清楚了。如果她莫名其妙地发脾气，那是会给他压力的。他们需要用那层薄薄的窗户纸制造出朦胧的暧昧，而捅破窗户纸会令两个人都感到尴尬和难堪，弄得不好，还会让他逃之夭夭。

窗户纸是被他捅破的。在一次情深意浓之后，他很唐突地说：“我终于明白了，你跟她是不一样的，我跟她是亲情，对你，是爱。是的，我爱你，跟爱她完全不一样。”

她有一点点感动，只有一点点。作为一个结过婚又离了婚的女人，她已经没有精力去仔细分辨他说的那两种爱究竟有哪些不同。她倒是知道男人动不动就挂在嘴里的爱是怎么一回事，那是他们感冒时打的一个喷嚏，带着病毒，四处扩散。至于你会不会被感染，就看你具有怎样的身体免疫力。

她是愿意被他感染的，不仅仅是因为他很优秀，而是他对她的那种呵护，他太像那种百分百的好男人了，总是能及时地满足她的情感与生理需要。

女人大多是一种感性的动物，能感动她的必须是一种看得见摸得着的东西。恰好，她觉得他是上帝在最恰当的时候送给她的最好礼物。

（《皂香·上》）

妻子日捧着你
你是杯子一松手你就是玻璃
插入广告
清子
也是如此
生活中很多东西不是用来捧着的
而是用来珍惜的
甲午三月
浮石

● 段子曰：捧着你，你是杯子；一松手，你就是玻璃渣子。插入广告曰：《青瓷》也是如此，生活中很多东西不是用来摔的，而是用来珍惜的。

段子

男女之间的关系之所以是平稳的、和谐的，其中男人的谎话、假话起了至关重要的黏合剂作用。谁说鱼和熊掌不可兼得？就看你拥有的层次和程度，你如果要在同一时间同一地点拥有鱼和熊掌，那当然不可能。但是，现在社会多复杂多丰富多彩呀，你今天拥有鱼，明天拥有熊掌不就行了吗？这叫交叉换位打时间差。(《青瓷》)

书中怎么说的？男人可以控制自己的意志，却不一定能控制自己的肾上腺分泌。女人每个月都要血染风采一次，男人的精液积攒多了，不找个地方泄一泄，那是会憋出病来的。他偶尔到外面去沾沾腥也没什么大不了的，他只是为了玩儿，而不是为了毁掉他的婚姻。男人嘛，是一种可以把做爱和感情分得很开的动物。你原谅他，让他感到你的宽厚仁慈，让他浪子回头，让他从此懂事，让他从此长大，从此对你有了负疚感，在你面前矮了三分，也不失为不幸之中的万幸。(《红袖》)

有一个段子说得好，小妹妹初入社会，第一要紧的是事就是要学会观察男人：头发一边倒，混得比较好；头发往前趴，混得比较差；头发两边分，正在闹离婚；头发往后背，情人一大堆；头发根根站，不是领导就是浑蛋！(《红袖》)

青春和美色，永远是女人可资利用的资本。可悲的不在这里，可悲的仅仅在于，一个女人除了这个再没有别的。反过来说，如果你还有别的，又有青春和美色，那么，妹妹呀，你就大胆地往前走吧。(《红袖》)

忘掉一场爱情最好的办法是开始另外一场爱情，忘掉一个女人最好的办法是用另外一个女人去代替她，反正是既不能让心里空着，也不能让床旁边的位置空着。(《红袖》)

女人就是这么奇怪，即使她一见你就对你充满好感，恨不得立即为你宽衣解带，她也不会表现出来。相反，她恨不得你为了追她不惜经历九九八十一难，以显示你的诚意，以证明你没有把她当成“什么人”。没办法，女人就喜欢这种调调。(《红袖》)

人活一世，草木一春，该怎么样就怎么样，尤其是女人，本来好时光就没几年，心放宽些，爱自己，自己快乐比什么都重要。(《红袖》)

敢到商场上混的女人，一般来说要么长得好、有气质，要么就是能干的男人婆。相貌平平又没什么韵味的女人也不是没有，但她们就只有靠能干麻利来弥补，她们的共同特点是很会察言观色，总是巧舌如簧。(《皂香·上》)

一个人还是不要随便伤心才好，因为伤心会引起胃痉挛，对身体是大大不利的。伤心还可以让人变得脆弱，特别是女孩子，往往在这个时候，总想抓住一根救命的稻草。(《皂香·上》)

结婚对女人来说太重要了，尤其是二婚，更是不敢轻率也折腾不起。所以，她可以暗地里跟你玩跟你睡，至于要不要跟你结婚，她会比你郑重一百倍。(《皂香·上》)

念书是长相一般的女孩子干的事。哪个女孩子要是长得出类拔萃一点，不要等到发育完全，可能就有男人像苍蝇一样围着她转。一个情窦初开的女孩子不断受到外界的干扰，还能把心思放在功课上吗？（《皂香·上》)

女人说，我会爱你一辈子，你也要。说这话的时候她们是真心实意的，只是她们不知道，一场话剧可以有环环相扣的情节，让剧中人和观众紧张兴奋得透不过气来，对于一份感情来说，一辈子实在太过漫长，她们想不到将要遇到怎样的暗礁险滩。(《皂香・上》)

比起性生活的快乐，女人更需要的是被关怀被体贴，她有虚荣心，或者说，有一种被尊重的需要。这种被关怀被体贴不仅要让她自己感受到，还要让别人也知道，她是不会满足于长期给男人当地下情人的，她需要一种健康的情感生活。所以，做妻子的尽可以淡定，除非你自己已经让老公烦透顶了，否则，没人真能把你老公从家里抢走。(《皂香・上》)

要解决与女人有关的麻烦，第一个最基本的原则就是不能被她们牵着鼻子走。女人的思维是发散性的，要是被她们弄成一盘散沙或者一团麻，她们自己都会失掉方向感，极有可能一烦躁就凭感觉办事。女人的直觉在判断一件事情的时候往往有惊人的准确性，但如果女人凭感觉去处理事情就会很糟糕，她们根本不会高屋建瓴、纲举目张，往往只会抓住一些细枝末节死死不放，结果要么是走进死胡同要么陷入泥淖。(《皂香・上》)

从生物学意义上来说，人的欲望是一步一步加深的，也就是每个人都是得寸进尺的。女人更加如此。(《皂香・上》)

是女人，面对带有危险的情欲诱惑，就得有起码的矜持。一般来说，在男女关系上，谁主动谁就该负起主要的责任。(《皂香・上》)

有的女人认为，一个女人的命运只能靠男人。这个世界还是男人的世界，你只有把男人玩转了，才能在这个世界上安身立命。(《皂香・上》)

这个社会就是这样，很多年轻的女孩子甚至恨不得哭着喊着求人包养争着当小三，但她们不知道，真要出了什么事，没人会保护你，没人会同

情你，只会有人看你出丑闹笑话，有的是人恨不得把你踩成肉泥。(《皂香·上》)

不管怎么说，作为女人，总归是要抓住点什么在手上才心里踏实的。他说他爱我，那他倒是替我考虑考虑呀。他一点都不替我考虑，我要不替自己考虑，我傻呀？凭什么就我一个人吃亏呀？（《皂香·上》)

作为女人，总是习惯性地把跟男人的亲密关系演变成男人是否能够娶她的问题，在她们的思维模式中，这是一道非此即彼的选择题，不能娶就得分，至于怎么分，自有时间给出答案。(《皂香·上》)

不得不说，表面上的情形与真相可以有天壤之别。一个人皆可夫的妓女只要穿上素净的衣饰，脸上泛着温浅的笑意，眼神在飘荡荡的时候能够突然骤光似的明亮，差不多就可以被人称为纯情少女或者气质高雅了。(《皂香·上》)

女人一旦爱上一个男人，很可能就是悲惨命运的开始，当那个男人是有妇之夫时尤其是这样。爱情会让女人变傻，爱情会让女人只知道付出不懂得索取。(《皂香·上》)

也许，在小三心目中，原来对老大的地位是存有敬畏之心的，但男人一次次地吹她捧她，让她不成为自我膨胀的气球都难，让她不高高在上傲视、俯视、斜视最后藐视男人的原配都难。(《皂香·上》)

女人最常犯的错误就是以为和一个男人有了亲密关系，这个男人就懂得了读心术，就自然而然地知道了她的心思，其实远不是这样。与其和他玩猜谜游戏，还不如直接跟他说，因为再亲密的关系也需要坦诚。(《皂香·上》)

女人全心全意地爱你可不是好事，因为她要是觉得你三心二意，便恨不得跟你要死要活。女人在这方面是很贪婪的，结果怎么样呢？她会给你沉重的压力，让彼此喘不过气来，会完全丧失爱情的。(《皂香·上》)

现代社会之所以进步，就是给了女人更多的机会，女人们也越来越能干，涌现出一批又一批的杰出代表。女强人的出现，打乱了原本中国式女主内男主外的传统，而变成了大女人小男人的结果，能干的女人让男人成了附属品，于是男人只好在别的女人那里找回做男人的感觉。所以作为女强人的大女人们，如果真的不想让自己的男人出轨，那么最好是把女强人放在外面使，还是在家里做个小女人。上得厅堂下得厨房的女人才能真正留住男人的心，男人的自信心是需要培养的，自尊心也是需要尊重的。(《皂香·上》)

现在的女孩子也是，总是身不由己地被成熟的男人所吸引，因为她们可以通过认识一个成功的男人认识整个社会，因为成功的男人可能给她带来丰厚的物质享受，满足她们的虚荣心。(《皂香·上》)

一般来说，女人爱一个男人不容易，所以总是会非常谨慎，常常要花很多工夫去粗取精、去伪存真，希望你能理解。(《皂香·上》)

女人不怕被欺负，就怕被欺骗。女人可以自己骗自己，但绝对无法忍受别人骗自己，尤其是自己爱的人。(《皂香·上》)

女人一伤心就会不理性，女人一不理性就什么事情都做得出来，特别是平时温文尔雅、一副顺眉顺眼样儿的女人，发起飙来没准儿就像跳到墙上的狗和跳到树上的猫，不仅用嗓子还用尖牙利爪，你真不知道该怎么应付。(《皂香·下》)

严格地说，妓女对男人的印象是在对男人的失望中形成的，是她们碰到的所有男人坏毛病的相加，她们对男人的种种不满可以用一句话来概括——男人没有一个好东西。只有心地善良的女人，才会怀着一颗包容的心，无

私而死心塌地地爱上一个男人，尽管这个男人完全可能是个无耻浑蛋。(《皂香·下》)

女人都喜欢浪漫的男人，但浪漫的男人与骗子在本质上是一样的，他们都不会轻易对女人说真话从而冒惹女人生气的风险。因为他们知道对付女人，用裹上蜂蜜的谎言比说真话更有效。女人都好那一口，这与智商无关，就像小孩子爱吃糖一样，哪个女人能抵挡得了男人有口无心的甜言蜜语呢？不，她们大部分只会享受那种投其所好的谎言，不由自主地为之动容、为之上瘾、为之飘飘然、为之疯狂，直到飞蛾扑火似的扑过去，才发现对方不过是在利用自己的虚荣，他的最终目的也不过是与你交换某种体液与分泌物。而那时，女人可能恐怕早已因为吞噬毒药而病入膏肓，满嘴残留着被蛆虫弄坏的烂牙齿，冷热都能让你痛得恨不得在地上打滚、喊爹叫娘。(《皂香·下》)

女人是用来疼的，是用来宠的，哪怕用谎言与欺骗的手段来疼来宠，总之不是用来拿受苦受难考验的。谁说人性是善的？人性无所谓善与恶，它只会追求快乐避免伤害，我为了不被淹死，当然要看看有没有顺风船把我捎回去。(《皂香·下》)

女人一旦恋爱，总是抑制不住地要想那个男人，回味跟他在一起的点点滴滴，想象下次跟他的见面。(《皂香·下》)

女人要是爱你，自然会对你心存很多期盼与幻想，你别害怕，实际上，她对你的要求可能不过是一些古灵精怪的想法。比如说希望你能记住与你们两人有关的所有纪念日，能时不时地送给她与她的姓名、生日、属相、爱好有关的小礼品（尤其是鲜花），陪她看一场电影、散一次步、吃一顿她喜欢吃的小点心等等。她不会轻易地把这些东西说出来，而会让你去惦记去行动，她会通过你的种种表现，证明你每时每刻都在想着她，心里装着她，她会因此而心满意足，无比甜蜜而幸福。(《皂香·下》)

女人对来自她爱的男人的忽略总是耿耿于怀的，总是忍不住要想入非非的。她知道这样不好，她了解男人，男人都是自私的，在他们心目中，最理想的情人既要风情万种又要懂事知趣。前者让他得到爱，得到刺激和享受，后者让他来去自由了无负担。是的，女人要留住男人，就得做一个乖乖的、听话的女人，招之即来挥之即去，对他有无穷的理解与宽容，而决不轻易拿自己的情绪和鸡毛蒜皮的事骚扰他麻烦他，给他增添负担。也只有独立的、能够自己解决一切问题的女人，才可以免受男人的伤害，因为她并不指望一个男人会长久地、孜孜不倦地把他的身体和心思全部放在自己身上。她知道男人的心思与精力必然要被外面的世界包括别的女人分出一大半，不管是外面的世界很精彩还是外面的世界很无奈。(《皂香・下》)

女人是一种感性的动物，很容易被一些小事情小细节蒙蔽住双眼。两个人最开始相爱的时候，男人的一句话一个眼神，哪怕略为有点创意有点趣味的小动作，都会让她们感动很久。殊不知，那是因为她们在感情饥渴的时候把男人的魅力放大了。人在口渴的时候，很容易把随便一种液体都当成是甘露。当然，女人也有倦怠感，也会因为重复刺激而引起厌倦，这就是为什么越到后来，女人越要求男人替她做很多的事情才会感动，他必须加强对她的刺激力度，不是吗？这不是因为女人天生贪婪、不懂知足，而是因为女人总在比较，把两个人的感情想象成逆水行舟不进则退，说到底还是怕被男人忽略和漠视。(《皂香・下》)

女人跟男人一样，对老公或男友的不满是会为她移情别恋提供充分的理由的，若碰上一个聪明机敏、大度幽默的诱惑者，又愿意把更多的时间和精力用来陪她，便很容易让她感动。一方面是对她漠不关心的旧人，一方面是想方设法讨她欢心、让她对新的体验与暗示充满幻想的新人，在一个让生命及时行乐的当下，你觉得她会做圣女烈妇吗？（《皂香・下》）

女人之所以为女人，总是与男人有关。也就是说，不与男人发生关系的成年女性，在生物学或性的层面，只能拿尚未开花更妄谈结果的植物来比喻。从社会学的意义上来说，她大概只能称为单面的或扁平的或未被处理过的人，既不丰富也不深邃，简直纯洁到不食人间烟火的程度，其真实性、健康性一定颇让人质疑。她肯定不是我心目中的韵味女人。(《中国式关系》)

当一个女人不知道应该忠实于谁的时候，将获得身心的彻底解放，或者，她完全有权拿青春与美貌，作为换取财富和安全感的资本。相对于那些公权私用捞钱吃豆腐的男人，她是圣女。(《中国式关系》)

我心目中的韵味女人千奇百怪，但是，她们内心无不存有最初的、质朴的善，在永不停息的社会旋涡之中，她们挥舞纤细、白皙、柔软的胳膊劈波斩浪的泳姿，总是看得我泪流满面。如果上帝给我一个授权，我愿意把她们当成奇花异草，统统栽种在我的后花园……(《中国式关系》)

从传宗接代的角度来说，女人承担了更大的痛苦与责任；从社会分工的角度来说，女人更有理由产生不安定感、不安全感；从生理上抗衰老的角度来说，女人也没有更多的优势可言。所以，女人天生就是脆弱的、需要呵护的，女人对男人、对家庭的依附之感是要大大地强于男人的。她们更企盼拥有一个家，愿意花更多的心智与精力维系家庭的安全和谐。(《中国式关系》)

女人找爱的过程，其实就是找人呵护她、找人哄骗她的过程。女人追求的浪漫建立在男人谎言的基础上，男人只要起个头，女人就会按照童话模式，积极主动地配合着把谎言圆下去。(《青瓷》)

爱是女人天生的需要，就像植物之于水，花之于太阳。没有爱的滋润，女人定会如植物之枯萎，鲜花之凋谢。做老公的如果明白这道理，一定不敢对老婆怠慢与冷落，否则，自有别的男人暗地里替你代劳。(微博)

女人很容易心安理得地享受男人对她的百般恩宠，可她念念不忘的却是

伤害她、背叛她的男人，因为不理解，因为不甘心。(《青瓷》)

女人并不喜欢那些整天与其他男人打架的男性，体形比较壮硕的男人却能保证家里食物更充足，与此同时，男性也许喜欢选择体形较小的女人，因为她们消费的食物相对较少。洛弗乔伊说："如果男人是食物提供者，他可能希望自己的老婆不至于和孩子争夺食物。"（微博）

女人潜意识中希望男人"四合一"——父亲、儿子、牧师和癞皮狗。父亲让她有被保护感；儿子唤起她的母爱并让它泛滥；牧师是她与神之间交流的使者，解决的是她的灵魂与如何消除终极恐惧的问题；癞皮狗的意思则是说女人经不起磨经不起缠，哄不走打不走踢不走的东西，最能满足女人对忠诚感的渴求。（微博）

女人最该爱的人是自己，可惜女人最容易犯的错误就是无条件地对一个人好。这是让女人失掉自我的一种方式，一种愚蠢的方式。无条件地对一个人好会让那种好变得稀松平常，会让他对幸福的期望值提高。相反，女人对自己好才会让自己变好，才会让男人觉得应该调动生命的潜能来追求，并以得到你为傲为荣。（微博）

女人为什么容易成为怨妇？这完全是有些女人具有一种天然的性别心理劣势造成的，她们总是习惯性地把自己的幸福与快乐寄托在男人对她的态度上。别说男人本来就是喜新厌旧的，就是他下了决心一辈子爱你对你好，他不是还有别的事要劳神费力吗？他在日常生活中忽略你几乎是必然的，你要夸大其词，就容易产生间隙，就容易让男人觉得麻烦，烦你是肯定的。但是，反过来，你如果拥有一种强大的性别优势，当男人是与你进行平等的利益交换的对象，甚至只把男人当成是为你提供服务的工具，你跟男人的关系就可能颠倒过来，变成他看你的眼色行事，变成他想方设法讨你的欢心，你不是很爽吗？（《皂香·下》）

其实，未婚女人与已婚女人，对婚姻的看法是完全不同的。不错，大部分女人还是想结婚的，如果能碰上一个真的能托付终身的男人，又怎么能不想通过婚姻的方式与他长相厮守？只是，女人得让自己沉住气，真要做到这一点，得先把自己变成钻石，而不是所有的钻石都得急于非卖掉不可。(《青瓷·窑变》)

生活的真谛，不是你想要什么，就非得要得到什么，而是你不能要什么，便能把这件事从从容容地放下。身为女孩子，她的力量与魅力，不在于强悍，而在于柔软，能够像水一样顺势而为、随机应变。(微博)

像鲜花一样的女人，在与男人的关系上大抵有两种命运，一是插在牛粪上，一是插在花瓶里。插在花瓶里，光鲜几天然后被人扔掉；插在牛粪上，可以吸收营养，倒可能越活越滋润……(微博)

很多女人都不自觉地把结婚当成生活的终极目标，以为这样就可以从此过上幸福的生活，这真是一个天大的错误。如果没有结婚，就没有出轨、没有婚外情，男女关系不会因为一纸婚书而自动进入保险箱，不如说那是另外一次探险之旅的开始。两性如何对话沟通是个永恒的话题……(微博)

煲汤时，由淡变咸容易，由咸变淡就得加水，不过，要真加水，那汤便不可能有原来那么鲜。厨艺是个手艺活，要把菜做好，必须要有爱心和想象力，现在的女孩子有几个能下得厨房上得厅堂？(《红袖》)

·男人这种动物·

男人真是一种奇怪和脆弱的动物，他们太要面子，苦撑死撑也要把自己弄得风风光光，但骨子里到底是一条龙还是一条虫，只要一上床便无法掩饰。换一种说法，男人的性能力跟他的自我满意程度成正比，他要是心事重重，你就不能指望他会有良好的临床表现。偏偏这种时候男人的自尊心最强，如果你流露出一丝一毫的失望，你可能就会伤到他的心坎和骨髓，没准儿他会记恨你一辈子。

面壁十年，岂能不成高山？

你有多久没有与你的伴侣互相凝视了？有时候能够一起发呆就是一种幸福。

初恋这根刺

空落落的大街上，有家叫八珍面馆的小店还开着门，王小薏朝来的路上回望了一眼，闪身进了小店。

店里又进了两个人，是一对小情侣，点了东西之后就坐在一个角落里窃窃私语，男孩时不时地凑在女孩耳朵根上说着什么，逗得女孩吱吱直乐，动不动就扬起粉拳揍那男孩。

曾几何时，王小薏也曾这样。她的初恋男友是大学里一个高她二年级的师兄，他们是来自于同一所县城中学的老乡，她进大学的第一天他就找到寝室里来了，跟她一起购买独立生活所需的所有日用品，毛巾脸盆牙刷牙膏洗衣粉衣架包括卫生纸和小零食，带她参观图书馆、食堂和校园后面的情人堤。他们很快就相爱了，像小说中的情节似的，每天都有那么几次几乎同时给对方发信息。光是这一点就很让王小薏感动与庆幸，让她从心底里感慨两个相爱的人原来可以心有灵犀到如此程度。初恋的两个人是幸福的，每一天都像节日的彩旗一样猎猎飘扬、多姿多彩。她像一只快乐的鸟儿似的整天就想围着他叽叽喳喳。他也是，屁大的事可以对她说上老半天。啊啊啊，爱一个人不就是向他或她袒露心灵的全部世界，向他或她展示所有的喜怒悲欢吗？他们有各自的脑袋与身体，却总是像一个连体人似的感受着这个世界。

一年以后她发现他在劈腿。与他玩暧昧的是他们学院留校做教师的师姐，一个比他大六岁却长着一张娃娃脸的博士。她发现了一系列的蛛丝马迹，比如说他看她的眼神开始变得游移不定；比如他使用手机的方式发生了改变，先是把手机调到了静音，总是把来电摁掉或躲到一边接听电话，接发信息后总是迅速删掉（包括他与王小薏之间的通话记录与往来信息）；比如说她总是不经意地会在他书包里发现他们用的安全套要么突然少一只要么突然多出好几只，等等等等。导致他们直接分手的原因是她在他书包里找到了一本他师姐的病历，上面的记载表明，她怀过孕然后做了人流。

王小薏觉得心如刀绞，觉得天昏地暗，觉得虚脱得就像得了一场大病，像婴儿似的软弱无力。她撑着一下子瘦了十斤的身子找到他，用尽最后一点力气把那本病历摔到他面前，泪水涟涟却连一句话也说不出来。她希望听到他的解释，哪怕是弥天大谎，但他没有。他只说了一句话，一句足以让她铭记一辈子的话，他说，男人都是这个样子的。

男人都是这个样子的吗？

这句话将彻底毁掉她一辈子，还是让她从此凤凰涅槃，受益终生？

（《皂香·下》）

說到底人
自己也不过
是一副皮囊
或者説一個口
袋，所謂貪婪
就是不停地往
里面裝東西
东西越多
負担越重
倒不如付出些
放下你會发現
負担輕了笑容
多了眼睛小了
世界大了
肚量大了
煩惱少了
奉献出去了
福缘找来了
甲午阳春三月浮石

说到底，人自己也不过是一副皮囊或者说一个口袋。所谓贪婪，就是不停地往里面装东西，东西越多，负担越重，倒不如付出与放下。你会发现，负担轻了，笑容多了；眼睛小了，世界大了；胆量大了，烦恼少了；奉献出去了，福缘找来了。

段子

从心理学的角度去分析，花心男人不仅感情脆弱，可能还存在着一定的人格缺陷。他们花心是因为缺乏掌握一种深入密切、牢固稳定的两性关系的能力，所以只好用不断更换新对象所获得的新鲜感来抚慰情感上的空虚和脆弱。这不就回到贪婪的路上去了吗？因为恐惧所以贪婪。(《青瓷》)

有的老板虽然风流成性，却从来不跟公司里的人乱来。道理很明显，老板如果和公司员工打成一片，没有了尊卑之分，那还有什么老板的尊严？那还玩得下去？得不偿失嘛。(《红袖》)

世界是公平的，你太有女人缘，财运方面可能就会有些损失，不可能所有的好处都让你一个人全占了。(《红袖》)

要是一个男人对女人不感兴趣，除非这个男人心理或生理不正常，因为除了女人，还有什么东西能让人觉得新鲜刺激？能与之抗衡的，唯有赌，不是说人生就是一场赌博吗？可见它是与生俱来的东西。(《红袖》)

当一个人有条件、有资格泡妞的时候还能把持得住，不在外面随便乱来，那就成了一种境界。男人不会去刻意追求这种境界，因为那太为难自己了。但有些男人知道口碑的重要，光靠好的口碑也许不能加多少分，但坏的口碑却能一剑封喉。不能授人以柄。(《皂香·上》)

男人都喜欢长得好的女人，除此之外，有些男人喜欢聪明而能干的，有些男人则喜欢青涩而傻傻的。聪明能干的女人适合于一起干事，可能会让男人很省心，而傻乎乎的女人则让男人有一种有用武之地之感。(《皂香·上》)

男人是怎么一回事？他们十有八九是世界上最现实的一种动物，如果一个男人对一个女人没有某种隐秘的好感或欲望，一般是不会在她身上多花一点时间和精力的。他如果开始跟你说一些充满歧义而又具有情色意味的话，表明他已经有了在你面前卖弄聪明的动机，他在试探你是否愿意跟他一起玩暧昧。(《皂香·上》)

男人是一种决绝的动物，往往说的是一套做的是另一套，因此，宁愿相信世上有鬼，也不要轻易相信男人的那张嘴。你可以跟男人玩感情，但千万不能动感情。你要想不被男人伤害，就不能太把男人当一回事，得时刻保持清醒的头脑。他玩虚的你就跟他玩虚的，因为只有有保留地投入，才能使你战无不胜、百毒不侵。如果入戏太深，便很容易在一棵树上吊死，即使没有在一棵树上吊死，也会把自己搞得失魂落魄。你失魂落魄可伤不到他，从你这里离开之后，他十有八九转身就会去跟别的女人眉来眼去、打情骂俏、颠鸾倒凤。(《皂香·上》)

男人对女人不是搞不搞的问题，而是什么时候、在什么地方、跟什么女人搞以及搞了以后会怎么样的问题。(《皂香·上》)

就像那种打牌赌博的人，输了从来不说，赢了夸夸其谈。在泡妞的事上，谁敢说自己是常胜将军？(《皂香·上》)

很多娶了漂亮老婆的男人都有一样的心思，总是一边暗自得意一边精神紧张，既怕贼偷也怕贼惦记。(《皂香·上》)

人都是喜新厌旧的，这是一种动物的进化本能，但人又具有社会性，他的行为处事必定顾忌到社会影响。所以，只要他的良心没有完全被狗吃了，

你对他的好，你对家庭的贡献，他心里会有数的，这应该足以让他抵御外面花花世界的诱惑。(《皂香·上》)

男人要考验女人，其中最重要的一条，就是看她对钱财的态度。(《皂香·上》)

色字头上一把刀，古代皇帝为什么大都短命？很大一部分原因，就是因为他们三宫六院，不懂得节制房事。一把茶壶可以配几个茶杯，但茶杯太多了，里面的茶水就会一倒而空。(《皂香·上》)

现在很多有钱的老板或所谓的富二代都时兴在大学里找女朋友，除了比漂亮以外，还比气质比大学的档次。实际上，老板们要找的不是作为结婚对象的女朋友，而是合同制的女朋友，合同期满两个人分手拜拜，互不亏欠，互不纠缠，这种说法比“二奶”、小三有学术性。(《皂香·上》)

男人是一种注重外表的动物，他们其实蠢得要死。第一，他们很容易被漂亮的外表所蒙蔽，第二，他们很容易原谅漂亮女人的过错。(《皂香·上》)

男人被女人抛弃是窝囊的，但这种屈辱的感觉是站在男人虚荣心的立场上考虑问题得出的结论。换一个角度，情况就可能起变化。被抛弃并不能说明你比别人差，只能说明女人觉得另外一个人更适合她。(《皂香·上》)

男人其实也是很虚荣很软弱的，有人需要他去保护，会给他一种自己很坚强很有能耐的假象。(《皂香·上》)

男人竭力想压下自己的某些关于女人的念头，但事与愿违，就像被强按下水里去的皮球似的，按下去越深弹起来越高，也像窖藏的美酒似的，藏得越久越是香醇。(《皂香·上》)

男人总是暗地里埋怨女人要求太多太高，岂不知罪魁祸首还是男人，因为男人在肾上腺素分泌异常旺盛的时候，总是恨不得向怀抱中人许下诺言，要给她整个世界。你能怪女人信了你的话吗？（《皂香·上》）

男人骨子里总是喜欢散漫的、无拘无束的，但同时又很脆弱又很孩子气，一旦给他的压力太大，说不定会让他改变前进的方向。（《皂香·上》）

别以为男人真的爱身边的年轻女子，喜欢这样那样的傻丫头片子。其实，男人只不过是想寻找青春的影子和美好的记忆。男人有时候很单纯，往往需要的只是一种感觉，跟着感觉走，一不小心也会迷失了自己。不过不要着急，有一天，等男人发现自己已经很不行的时候，自然会学会夹着尾巴做人。（《皂香·上》）

男人面对心仪的女人时大多有一种心态，总是吃着碗里望着锅里，想吃又怕烫，吃不着闹得慌，吃着了又怕粘在手上洗不掉。（《皂香·上》）

男人对女人除了征服还有恐惧。征服不用说了，那是男人统治世界驾驭世界最富有挑战性的内容之一；恐惧却使男人变成鸵鸟，一辈子都在渴望回到子宫，因为那里能提供着安全感，就像他们还没有来到人世前被羊水浸泡着；而在那些激动人心的时刻，他们也能最大限度地体会到把自己的身心交付出去之后短暂而卑微的释放感。（《皂香·下》）

光从性生活的角度来说，大部分男人是喜欢发浪发骚的女人的，或者说真碰到了发浪发骚的女人，男人一般是很难逃脱的。（《皂香·下》）

男人是欲壑难填的怪物，在精神上，他们一辈子只爱一个女人；在肉体上，却总是喜欢在不同的女人身上寻找刺激、快感和满足。他爱的那个女人是他的梦中情人，虚幻完美而他并不自知，他按照这个模版寻找，只要现实中的女人有一点点像她并能刺激他的肾上腺素分泌就可以。因为对他来说，花心不过是无限制地接近他的梦中情人的一种独特方式。实际上，幸亏他那梦中情人不是有血有肉的存在，只是按照他一往情深而又自私自利的需求幻想出来的神仙妹妹，否则，她一定会把他大卸两块、二十块乃至两百块。(《皂香·下》)

男人都是小偷，你只要稍加认真地审视他，便可以轻易发现他总是形迹可疑。(《皂香·下》)

男人一开始的浪漫也许还多少有点真情实感，越到后来越成为一种惯性。因此，与其相信男人的浪漫，不如仔细地把你与他的优劣、力量以及彼此的吸引力进行分析比较。因为说到底，浪漫不是男人从娘胎里带来的，也不是从天上掉下来的，那不过是他与众多女人交往的经验总结和一次一次试错的结晶，总之是一种后天的训练与一种通过学习获得的技巧，一种讲究性价比的特意安排。他可以如此这般地对你，也可以照本宣科地对别人。他曾经在别的女人那里受过伤，如果他不在后来的女人身上赚回来，他可就亏大了。(《皂香·下》)

一个男人如果真的爱你、在乎你，不是应该把你的感觉、把怎样讨你的欢心放在第一位，把你的种种要求当作是一种撒娇、鼓舞与鞭策吗？只有不爱你的男人，对你虚与委蛇的男人，才会只注重他的自我感受，把你的任何一个要求当成是一种债务或负担。(《皂香·下》)

男人是一种贪心的动物，他们既要从家里得到安全感和温暖感，也要在外面寻找新鲜感和刺激感，而且不能让他觉得是一种麻烦或者有一种被纠缠被管制的不自由。(《皂香·下》)

当一个男人说爱你的时候，不是因为你真的有多么好，十有八九是他在向你求欢，只能说明那会儿他只是急切地需要你去满足他。男人得到满足以后往往会变得话都懒得说，就想倒头大睡。你得给他休息、安静、走神儿的充足时间与空间，只有这样，你才能既留住了男人的心也留住了男人的根。一句话，男人心目中最好的女人，就是招之即来挥之即去的女人。(《皂香·下》)

从动物性与社会性来看男人的好色：好色是男人的本性，特别是强势男人的特性。从动物性与社会性看女人之生存之道：女人是天生的经济学家，伪装和善用诱惑使女人反败为胜。(微博)

男女互相需要、依赖，便很容易产生把对方变成纯粹的工具的想法，于是便有了性别战争。当然，每个个体会有不同。两个智商高、情商高、其他条件也大体相当、或者说各自能实现资源的等价交换的人，或者说双方能够互相理解、适应、妥协的人，比较容易得到美满的爱情婚姻，反之则相反。(微博)

男人总是一有机会就忍不住要招惹女人的，但为了女人而去招惹别的男人，那你就是天底下最大的傻瓜。(《皂香·下》)

男人会对外面的女人真正负起责任来？什么叫真正负起责任来？就是没有痴心妄想的疯话，没有信口开河的承诺，没有光怪陆离的梦想，或者简单地说，他绝对不会让自己爱上她，也绝对不会让她爱上自己。爱是互相的、平等的，不爱也是互相的、平等的。女人不是天生的弱者，男人也不是天生的强者。(《皂香·下》)

男人的好坏，总是与时间有关。男人一开始就坏，大抵是骗不了人的。所谓后来的坏，大概指的是变得和原来不一样了或露出了一开始竭力藏着的狐狸尾巴。欺骗具有趋利避害的功能，一个人被骗得多了久了，自然就成了骗子。欺骗面前人人平等，底线是利己不损人。(微博)

有些感情能让男人的生活豁然开朗，让他感到风正从海上徐徐吹来，阳光透过厚厚的云层照射到大地之上。他于是有了一种很舒展地绽放自我的冲动，他想奔跑、飞翔并且歌唱，用自己内在的力量感染万物，让幸福的花儿遍地开放。他不知道他和她有没有未来，他只知道跟她在一起的每时每刻每分每秒都是良辰美景。(《青瓷》)

如果一个男人经常说爱你想你，他可能在骗你，也可能是真心话，毕竟，没有人强迫他非这么说不可。不管那个男人是你老公还是男朋友，爱他就宠他。他可能很难做到每时每刻对你嘘寒问暖，他可能常常忽略你的一些暗示与不快，甚至让你失望得恨不得咬掉他的胸肌肉，但请你相信，大多数男人是知道好歹的，他爱你有他的方式。(微博)

男人注定要为女人打拼一辈子，自成年起，要反哺赡养母亲；自成家起，要讨老婆养活老婆；到了为人之父，则要教育培养子女(若是儿子可以贱养，女儿则需富养)。如果奋斗成成功人士，负担同时加重，比如找个外室养个小三什么的。从性关系上来说，女人是花，需要不停地被灌溉，而男人就是浇花者，等到那水用完，这时，如果仍然生财有道，还能被尊重。男人可以丑，但不能成为没用的东西，否则，前景真是堪忧。(微博)

当男人对一个女人说“我爱你”时，可能有三个层次。第一，他可能是真的全心全意爱你，愿意跟你一起快乐，一起悲伤，我负责糊口养家，你负责貌美如花，“我爱你”是一种同呼吸共命运的默契与承诺，这是最高层。第二个层次，他可能只是半心半意爱你，他很可能因为目前已为他人夫，或身份众多，或为公众人物等状况，虽对你一往情深却无法在时间与空间上做到对你全心全意，长相厮守，倾其所有。他爱你是真的，但不得不对你有所保留，怕你吃亏，怕对不起你，也怕你飞蛾扑火，他不得不经常明示或暗示或乞求着你的理解。第三个层次，他对你时不时地小恩小惠，说不尽的甜言蜜语，用玩笑的话逗你开心，用暧昧的话让你动心，他关心你呵护你极少惹你生气，但他唯一的动机，只是为了让你用他没有的某个器官接受他的某个器官……有趣的是，很多男人并非在某个层次按兵不动，而是在三个层次中

自由地往来行走，想一想，你身边的他是哪一种？（微博）

成功的男人一般来说都是很有责任心的，总是理性至上，中规中矩。但如果他内心也是这样，那他也就比一般人强那么一点点而已，终归是庸才，出人头地不到哪里去。相反，那些能够做到人上人的成功的男人，必须有巨大的野心以及伴随着这种野心的澎湃激情。他为了彻底摆脱生活中的条条框框，彻底释放他内心原始的欲望与冲动，是极有可能拜倒在妖女的石榴裙下的。(《皂香·上》)

欲望产生行动的动力，思而不行则永远是一种意淫，而长时间满足于想象中的快感可能是一种病态，所以说男人是一种行动的动物，总是在追求刺激与冒险。从某种程度上来说，男人的三六九等，冥冥中是由他体内雄性激素的分泌水平决定的。(《中国式关系》)

· 相爱容易，相处太难 ·

在感情问题上，谁先动心谁输，谁用情深谁输得更惨。但是，也只有输得起的人，才可能赢。一个男人，只有经历一场轰轰烈烈的失败恋爱，才会真正成熟起来，并因此具有某种程度的免疫力，才真正知道他要的到底是什么样的女人。她不可代替，他也可以为了她而收心，专心致志地只爱她而抵御其他所有的女人。

如果你希望蜗牛
跑得跟火車
一样快
这究竟是蜗牛的错
还是你的错呢
很多时候
我们之所以
失望
仅仅是因为
我们对
他人
抱有
不切实
际的
幻想
甲午三月
绘话
堂主
人
浮石

● 如果你希望蜗牛跑得跟火车一样快，这究竟是蜗牛的错还是你的错呢？很多时候，我们之所以失望，仅仅是因为我们对他人抱有太多不切实际的幻想。

别杀死爱情

为什么会相爱简单相处太难？两个人之所以相爱，是因为他们是不同的个体，他或者她可能因为相似、默契而互相吸引，但让他们真正走到一起的，还是彼此可以取长补短、各取所需。在这个过程中，女人越来越追求与男人同呼吸共命运，恨不得把两个人变成一个人，最好是每时每刻。男人却相反，当他觉得跟女人已经水乳交融的时候，他会觉得他与女人已经是个共同体，会把眼光和精力投向外面的世界。这时吸引他的可能是别的女人，但更有可能是他对权力与财富的野心（他把后者叫做他的事业）。这个时候的女人会很敏感，会特别注重男人的一举一动，她的直觉会告诉她，男人在开始起变化，对她不仅不再关怀备至、嘘寒问暖、多情浪漫，甚至陪伴她的时间都越来越少，让她觉得同一个男人怎么会突然判若两人？她越爱他反而越经常忧郁紧张。男人呢？因为所谓的事业分出了他大部分的心思，他花在女人身上的时间与精力自然就少了，他会忘了对她的承诺，甚至在和她说话的时候都会不自觉地心不在焉，这足以让她忧郁和紧张。她的忧郁和紧张反过来将传染给男人，他会在内心里责怪她不理解他，为什么不像原来那样善解人意？他想继续对她好却茫然不知所措。两个人就这样别扭着，而且闹别扭的间隙会越来越短，加上人与人之间的审美疲劳、沟通时被负面情绪控制的不耐烦，两个原本相爱的人最容易滋生对对方的不满，这种不满源于把现状与彼此最相爱时的状态进行比较，从而产生巨大的心里落差。她错了吗？她没错。他错了吗？他也没错。但他们似乎同时忘记了，世界上的任何事情都不会永远沿着一条直线陡峭上升，正是波折与起伏构成了大河或溪流的迂回曲折之美与心境音乐般的奏鸣。所以，亲密既是男女相爱的黏合剂，一味追求亲密却可能让人透不过气来，甚至杀死爱情。是的，两个人的结合需要爱情，两个人的相处更需要一种平和的心态。与其怀疑爱情，不如相信爱情。只不过，爱情不是我们的父母，不会每时每刻对我们呵护体贴，它更像一个顽劣的孩子与怪兽，总是想逮机会破坏男人女人之间的亲密关系，甚至出其不意地对他或她乱咬一口。所以，男女相爱的秘密，与其指望锦上添花，不如学会怎样把爱情关进笼子……

（微博）

人们最容易犯的错误就是一味地羡慕别人而把自己搞得很郁闷鸭子在双游双栖可一旦发现鱼虾说不定便会争先恐后大打出手
浮石写并记于阳春三月

● 人们最容易犯的错误就是，一味地羡慕别人而把自己搞得很郁闷。鸭子在双游双栖，可一旦发现鱼虾，说不定便会争先恐后，大打出手。

段子

爱理所当然需要表达，最深的爱或最复杂的爱，却往往让人理屈词穷。（微博）

喜欢是一种相对随便的、轻松的感情，可以像胡椒面似的任意挥撒，情呀爱的，就不一样，那应该是一种灵与肉的交融，搞得不好就会伤筋动骨。女人不生孩子或者不到三十岁，根本体会不到生活的酸甜苦辣，谈得上什么精神层面的交流？跟那些毛都还没长齐的雏儿谈情说爱，不是浪费感情，就是把自己往弱智化方面整，有时候想起来都会觉得好笑。（《红袖》）

爱是一种讨厌的情感，总是让人患得患失。喜欢就不一样，因为它不会让你对对方过分期待，所以反而能够让人停留在互相取悦的阶段。（《皂香·下》）

爱情让人脚不沾地，总是处于一种白日梦的癫狂状态。人们看到他要么苦大仇深似的双眉紧皱，要么突然像个弱智儿童似的嘿嘿傻笑。（《皂香·上》）

你也许只知道柏拉图式的纯精神恋爱，可能不知道他曾经说过一段话，他说，神给了我们这么一个不听话与专横的器官，它就像一头猛兽，贪婪饕餮，企图把一切吞下肚里。女人也一样，这是一头贪嘴好吃的动物，发情时不给她食物，就会发狂，一刻也等不得，体内热力上升，血管不通，呼

吸不畅，百病丛生，直到吮吸到共同饥渴的果汁，才感到浑身舒泰。(《皂香·上》)

爱情需要浪漫，也需要牛奶和面包，没有经济基础的浪漫是一种穷快活，能有多强大的生命力呢？更何况，在商品经济社会，人的价值评估系统无不打上经济指标的烙印，现在这个社会，难道还有能让不食人间烟火的爱情滋生的环境与土壤吗？（《皂香·上》）

社会上的骗子分两类，一种是骗色的，一种是骗财的。骗色的最想冒充的是解放军叔叔，因为很多女孩子对解放军叔叔有一种天然的信任感和好感；如果要骗财，骗子最想冒充的是企业家、大款和“富二代”，因为被骗的人相信他能带来商业机会和财富。(《皂香·上》)

有人说，爱不过是欲望的借口，最多是身体寂寞了，想找个同样寂寞的身体，仅此而已。(《皂香·上》)

什么是知足？知足就是控制欲望、支配欲望，而不是任欲望到处乱窜、泛滥成灾。不受控制的欲望是洪水猛兽，水能载舟亦能覆舟，两个相爱的人如果由着性子来，本来是在彼此抚摸，手腕一抖就会成为伤人害已的爪牙。(《皂香·上》)

色字头上一把刀，如果纵欲过度，说不定哪天武功就给费了，那不成太监了吗？活着还有什么意思？（《皂香·上》）

感情是一种奇妙的东西，可以改变事情的走向，让事情悬疑丛生，具有多种发展的可能性。(《皂香·上》)

看一个男人爱不爱你，不能看他是不是一有机会就带你去私密的二人空间，而应该看他愿不愿意带着你在大庭广众之中抛头露面，看他愿不愿意把

你在他的朋友和父母面前隆重推出。(《皂香·上》)

怀疑是伤害感情的利刃，是落进眼睛里的沙子。怀疑如果不尽快消除，肯定会在两个人心头留下病灶，久而久之便会疾患丛生。但消除怀疑的方法如果不恰当，又会立即让人伤心伤肺，一句话说得不当，一件事做得不对，便有可能让两个人分道扬镳。(《皂香·上》)

近朱者赤，近墨者黑，跟着同事出去，你不合群，那以后的工作就没法办。跟朋友在一起，怎么也不能留下“妻管严”的美名，所以有时候拈花惹草也逼不得已。出来混的，能有几个清白的呢？不过，也不是每个男人都不会控制自己，所以女人们要学会相信，宁可相信他没有移情别恋，也千万不能产生怀疑，因为怀疑得多了，反而会激发男人外出学坏的心。(《皂香·上》)

很多人都是可以共患难不可以共福贵的。此一时彼一时，宇宙万事万物每时每刻都在改变，你怎么能保证人心亘古不变？如果说一个女人没法控制对一个男人产生感情，那么，一个男人当然也就没有办法控制对一个女人产生感情。对一个人知恩图报是一回事，但男女关系可是一种变幻莫测的关系，充满了不可预知的风险。如果一个人连自己的主都做不了，还能做得了别人的主吗？(《皂香·上》)

一个人被别人需要，被别人依赖，也许能在短时间内得到某种虚荣心的满足，却常常需要付出精神、精力与经济方面的代价，其实是很不合算的。(《皂香·上》)

除了小吃，最好的下酒菜其实是各种荤段子和黄段子，现在信息业很发达，好像就有人专门冥思苦想人裤裆里的那点事，这在某种程度上来说是对了。那种荤段子确实是一种可以为男人女人的荷尔蒙加温加热的东西，就像早几年给人打鸡血一样让人兴奋。(《皂香·上》)

信任与怀疑是一对孪生兄弟，在爱情里面也是如此，因为总是害怕失去对方，所以我们总想心明眼亮，想弄清楚他是否在欺骗，是否在撒谎，这会使你处于焦虑与恐惧之中，会把自己弄得精疲力竭。(《皂香・上》)

有个很畅销的情感作家说过，想要让人忘记一段感情，方法永远只有一个：时间和新欢。要是时间和新欢也不能让你忘记一段感情，原因只有一个：时间不够长，新欢不够好。(《皂香・下》)

有个网名叫大智若愚的作家写过一本叫《性的真相》的书，他说，在爱情中，表达的虚假成分越高，含金量就越高；表达真实的成分越高，含金量就越低，获得爱情的机会越少。根据这个逻辑，你可以总结现实生活的经验：要想获得爱情，就必须学会虚假；要想获得含金量高的爱情，就必须学会爱情中最虚假的表达。(《皂香・下》)

人们渴望爱情，以为爱情是甜蜜的、幸福的。这固然不错，但从另外一方面来说，爱情也是一种细菌与病毒，总是一不小心就伤人的神、伤人的心。内心孤独与脆弱的人更容易患上爱情病，因为他或她缺少一个人面对这个世界的勇气与能力。当一个人很想很想另一个人的时候，往往也是他最孤独无援的时候，一方面，他急着要把激情澎湃的爱奉献出来，另外一方面，此时此刻他最渴望向对方索取。他内心荒芜，缺少爱的阳光雨露，希望对方能用爱的拥抱给自己以能量，从而让他自己感受到这个世界的美好。这是为什么说爱情都是自私的另外一种解释。(《皂香・下》)

这世界上尽是一些不靠谱的男人，怎么可能有纯粹的爱情呢？最多也就有一些与所谓的爱情有关的故事或事故罢了。故事都是假的，都是经过了艺术加工或添油加醋的。事故倒可能是真的，时间、地点、人物，三个要素只要其中一个不对，那就是一个事故。即使三个要素全对，也很可能是此一时彼一时，因为人总是要变的。所以，在两性关系中，女人要做的不过是尽量防止事故的发生，或者在事故发生后冷静地处理好善后。怨恨有用吗？它连房子、面包和钞票都带不来，还能帮你带来恒久不变的爱情？如果不能，你就安心落意地找个男人搭伙过日子吧。(《皂香·下》)

爱情要么不存在，要么永远是一种以物易物的交易。男人的好与坏不仅因人而异，而且因时而异，你幻想与男人天长地久那你就错了。男人对你好的时候就是好男人，他要对你没兴趣了，也就不愿意替你付出了，以物易物的交易就会停止。你如果这时还想缠着他，就变成了强买强卖，他很可能就变成了你心目中的坏男人。所以，你要想不被男人伤害，就要有他时刻离开你的准备，明白吗？（《皂香·下》）

对男人的认识不是三言两语就能够教得会的，必须得自己亲自体会。一个女人，如果第一次跟男人交往便遇人不淑上当受骗，从此便会很难产生对男人的尊重与爱恋，这道理与“一粒老鼠屎坏了一锅汤”是相同的。(《皂香·下》)

一个谁也否认不了的事实是，女孩子也许因为清高而把自己剩下，哪有有钱的男人娶不到老婆的？他不跟你来个家外有家就不错了。(《中国式关系》)

易卜生说，有了钱，你可以买到性，但不可以买到爱；我们说，首先，没有钱，你获得性的可能性就要大打折扣，你可能只是一个吃了上顿没下顿、娱乐基本靠手的人。爱情是从哪里来的呢？世界上没有无缘无故的爱，爱是要有基础和条件的，温饱问题是最基本的条件，那种吃了上顿没下顿的人，感情生活是不可能可持续发展的。(《中国式关系》)

所谓贪财其实是一种收藏爱好，只是收藏的品种除了各种真假古董、金银首饰、有价证券，更多的是人民币和美元。贪官的痛苦是这些东西既不能用来吃，也不能用来炫耀与展览，真的如锦衣夜行。贪色相对来说有趣得多，享受的就是那个过程，那个飘然欲仙的过程既属于肉体也属于精神。孔夫子说食色性也，动物世界（或畜生界）很多情况下是老大当仁不让地占有全部母性资源，其至高无上的交配权是实力与权力的象征与体现。(《中国式关系》)

对于比例大致占到一半的女性，这个社会给予她们的机会与尊重实在是少得可怜。在权力与财富方面，男人是绝对的王者，成了王者的男人大概觉得还不够，便把女人也列为资源，以多多占有而后快。(《中国式关系》)

爱上一个疯子或者天才并没有什么本质的不同，同样是危机四伏的生命之旅。孤独使我们误认为有一种天生的权力，可以对至亲至爱的人颐指气使或索取无度。(微博)

一份爱情，要想天长地久，必须彼此心怀欣赏与尊重，必须彼此心怀孩子般的纯洁与忠诚。因为只有这样，这份爱情，才会落实到土壤里，才会具有生根、开花、结果的可能。(微博)

能使蓬荜生辉的唯有爱，对生活质量的追求使我们脱离低级趣味，两个人的相处之道，在于相容，相容才能相融。和谐之美才是真的美。(微博)

如果真的喜欢一个人，你一定会爱屋及乌，关心她感兴趣的一切。(微博)

爱情很容易来到我们心中，比如说一见钟情。但维持爱情却是一件很难的事，除非找到了一种无法替代的交往方式，他能以你需要的方式爱你，你能给他需要的自由、尊重与幸福。一个人拥有对另一个人最真诚的爱，并不意味着他拥有要求她的一切权力。爱情中的幸福从来不是一个人的事，只能是平等的良性互动。爱情不是因为我爱你所以我想对你怎么样就可以怎么样，爱情也不是因为我爱你所以你想怎么样就可以对我怎么样。前者很容易

成为一种施虐，前者很容易成为一种自虐。（微博）

我爱你，不是你的错，也不是因为你太好，而是因为我需要你，我能够从你这里找到快乐和幸福。你当然没有必要有一丝一毫的罪恶感。(《青瓷》)

每一个闯进你生活的人，都能与你白头到老吗？不会。有些人不过是为了给你短暂的快乐或深深的伤害，他们更像一个临时工或代课老师，给你上一课，然后转身离开。(《青瓷》)

靠谱的爱情，不是因为对方有多好，而是见识了对方所有的毛病，仍然还是喜欢他，愿意把自己的命运跟他的命运紧紧地拴在一起。爱情固然不是赌博，但也还是需要一点冒险精神。一个人如果输不起，肯定也赢不了。(《青瓷》)

爱情就像感冒，别指望打针吃药能够立竿见影地免了头痛脑热浑身发烧。它也像洪水，只可疏，不可堵。否则，它没有理性的凶猛与百无禁忌的放肆，反而会帮它积蓄力量，直到无情地摧毁企图阻挠它的一切东西。（微博）

美好的爱情是一个傻子终于碰上了另外一个傻子，他们笑点很低，总是乐呵呵地忘了尘世的忧烦纷争。现在的人为什么爱无能，那是因为他们都太聪明，想占便宜怕吃亏，而且一眼就能看出对方的马脚。（微博）

爱是一个脾气乖戾的孩子，太任性，太放纵。不能爱、爱无能是一种社会病，有爱能爱却不能尽情地爱，是一种无奈，一片遮蔽太阳的乌云，也是一种理智与情感的博弈，一种把汹涌澎湃的激情转发为涓涓细流的过程，一种免受伤害的规劝与自律，一种把爱转为亲情的企图。就像一首歌唱的，别爱那么多。(《青瓷》)

爱情是什么？爱情不仅仅是两个人的卿卿我我，也不仅仅是你每时每刻都忍不住要想念、牵挂、惦念一个人，希望跟他水乳交融、血肉相连、甘愿为他忍饥挨饿做一切事，而且会让你充满一种向上的力量。你会因为拥有爱而热爱生命与生活，甚至想为了他而改变整个世界。(《青瓷》)

当我们爱一个人时，常犯的错误有两个，一是过分美化他，二是过分期望他。这也是让我们对他失望的两个根本原因。其实我们都是吃五谷杂粮有七情六欲拉屎放屁的人，长久的感情一定要有宽恕容纳之心，因为我们要求别人做的，自己都不一定能做到。爱情是个娇生惯养的孩子，我们应该容忍它的乖戾与自私自利……（微博）

对有些人来说，爱也许不过是找人做爱的借口。但是，跟一个人做爱的时间长了，做爱便很容易变得像吃饭穿衣一样，成为隔几日便会产生的生理需求的一种满足手段。而爱却使人的心智、情感与身体处于一种超常的状态，因为爱总是同时具有美好与邪恶的力量，既可能让你幸福甜蜜，也可能让你伤心伤肺。(《皂香・下》)

有人说，现在是一个性自由和爱无能的世俗社会。一方面，人们越来越多地拥有与婚姻无关的性生活的机会，另一方面，人们越来越羞于懒于不习惯于受爱情的驱使去爱另外一个人，怕麻烦怕被伤害。所谓的爱成了谋求某次性生活的手段与幌子，一方伪装爱着，一方伪装被爱着，以便互相榨取那种转瞬即逝的快感，把它当成消除莫名其妙的焦灼感的一种方式。(《皂香・下》)

剥开色彩斑斓的诗意或谎言的包装，我们最终要的其实不是爱情，而是在男女交往的过程中的各取所需，各得好处而远离忧愁、郁闷与痛苦。(《皂香・下》)

人是贪婪的，要的东西总是越来越多，到手的东西总是觉得理所当然。

你要是把曾经给过他的东西拿走或减少一点点，他都有可能对你失望，甚至怨你恨你。谈恋爱就像吃甘蔗，要想越来越好，就必须从甘蔗梢吃起，得让他吃到嘴里的甘蔗越来越甜。(《皂香·下》)

在现在这个社会，爱情不是生活必需品，而是奢侈品。它似乎唾手可得，其实遥不可及。换一种话说，这不是一个适合爱情生长的年代。这个社会最不缺的就是赝品、仿品、山寨版的替代品，真正的爱情找不到，貌似爱情的东西随处可见。(微博)

喜欢是一种多么美好的感情，爱，当然更是。可是，喜欢没有杀伤力没有破坏力，爱却有，爱会让人不顾一切。(微博)

相爱不会把人变成神，而是会把人变成孩子。孩子总是自私的，强调自己的感受而很少照顾对方的情绪；孩子总是要得多，同时患得患失。谁爱得更多，谁就最怕失去已有的亲密关系，同时渴望更亲密的关系，他或者她会要求两个人携手共进，恨不得每天都恩爱如新，甘甜美满。爱总是把感受放大，总是使人变得异常敏感……(微博)

爱并不可怕，没有爱也并不可怕，可怕的是一边爱着却一边怀疑着，或者说一边怀疑着一边渴望着。爱是一种病毒，无人能够免疫，无人能够获得抗体。爱情是一种病毒，是一种鬼东西，怎样使爱成为一种简单的东西，只有快乐没有忧愁？(微博)

没做的事情是不能提前说的，因为人有时候很无奈，不是不愿意做，而是因为情况有变化让你做不到。说了做不到就是吹牛皮放空炮，就是不讲信用，甚至就是有意欺骗。你怕我欺骗你，那是因为你爱我在乎我。如果我爱你在乎你，我也会怕你欺骗我。(微博)

实际上，当我们爱一个人的时候，会很自然地产生控制和占有的倾向，这很正常。难得的是，承认这一点你就必须接受并享受对方的控制和占有，这是两个人的关系可持续发展的根本要义。我爱你，我希望我们能在信任与宽容中享受在一起的快乐时光，永远不要争执或猜疑，即使发生争执或猜疑，也尽可能开诚布公。（微博）

有一句话说得好，你完全没有必要为了喝上牛奶而把一头奶牛牵回家。意思就是说，任何事情都有性价比，如果付出的成本太高，既使得到了你所追求的东西，你得到的满足感与幸福感也会大打折扣。人一定非得追求真爱不可吗？到底什么是真爱？真爱带给我们的究竟是些什么东西呢？（《皂香·上》）

人在感情上有两个困惑，一是不知道自己是不是真的爱某个人，二是不知道某个人是不是真的爱自己。很多时候，我们以为是爱的，其实爱的不过是自己的想象或自己的那份感情。另外一些时候，我们以为是不爱的，其实不过是对方采取了一种我们不习惯的爱情表达方式。（微博）

钟表机械师说，这一辈子，我要全心全意地做你的心脏，每时每刻每分每秒都围着你旋转，如果哪天我不再这样，那一定是我已经死去。（微博）

爱他人的原始动力是爱自己，与人为善更是为了自己获得一个友爱、善意的生存环境与氛围。一个反面的论据是，害人者必害己，被害者必害人，对自己的爱与尊重必须建立在对他人的爱与尊重的基础上。因此，利己与利他不是矛盾关系、对立关系，而是相生相克的依存关系，是事物的两个面，就像纸的正反面一样。（微博）

人人都喜欢的东西大抵会是好东西，但如果对那东西产生据为己有的想法，却可能是一种极大的冒险。因为那东西若是股票，很可能会让你追高套牢；那东西若是人，很可能会让你成为众矢之的，明枪易躲暗箭难防，陷入被偷被抢的无穷烦劳。所以，娶妻嫁夫宜找中等偏上姿质之人。（微博）

当我说男女感情也是一种利益交换的时候，很多人不舒服、不屑。好吧，我换一种说法，我们只有献出爱，才能得到爱。（微博）

在亲密的人之间，人们所说的话往往是对方想听的，而不一定是自己真心所想的，这倒不是因为说话的人要有意欺瞒什么，而是因为她或者他太希望让对方幸福快乐了。(《青瓷·窑变》)

幸福其实很简单，有时候只需要与心爱的人手拉着手散散步就可以得到，因为太简单所以最容易被人忽略，反而转向追求激情。激情是一种与理性相悖的东西，带着兽性或动物性的小尾巴，并常常与自私自利、狭隘、占有欲、忌妒心为伍……（微博）

·后记·

艺术价值更应该取决于思想与情感

浮石

我没有研究过艺术史，但我一直孤陋寡闻而固执地认为，单从进入门槛来说，所有的艺术都是门槛很低乃至于没有门槛的。不管是唱歌还是画画，还是舞蹈或别的艺术。在原始人那里，艺术不是一种活计，不是一种混饭吃的手段，而是一种表达欢乐与痛苦的基本方式，一种享受闲暇时光的基本方式，一种探索自然与他人和世界交流的基本方式。

我猜想，那时的绘画，最主要的功能是其实用性，标示物体、警示危险什么的，用来帮助族群趋利避害。比如说，哪些季节会出现什么状况，哪些植物是可以吃的，哪些动物是可以捕捉的，哪些猛兽和自然灾害不仅不能惹还得想办法尽快避开等等。

人类文明发展到离现在数千年几百年的时候，对于一个读书人来说，必须集琴棋书画、诗词歌赋于一身，因为这些都是文人的基本功，不能偏科。而文墨不通的贩夫走卒、农人渔夫，更是天生的歌唱家与舞蹈家，情绪上来了便会想唱就唱，跳他个天昏地暗。无论庙堂或江湖，除了各种匠人，艺术很少直接用来养家糊口，更多的是用来直抒情怀、言志、表达喜怒哀乐、发牢骚或发泄各种说不清道不明的压抑与紧张情绪。换一种说法，过去年代的人们，似乎拥有着更多方位、更多机会和更加直接的与世界对话的路径。

反观现在呢？人们削尖脑袋追求各种头衔、制造各种光环、结交各种朋友圈，挖掘开发人脉资源，似乎就一个目的——把自己卖个好价钱。

当艺术品沦为纯粹的商品，当艺术家沦为纯粹的商人，我认为是大有问题的，但并非十恶不赦。古人、原始人的趋利避害，就是现在人们感受到的生存压力与发展诱惑。

问题不在于艺术品不可以成为商品，艺术家不可以成为商人。而是说，一旦艺术品与商品、艺术家与商人之间的边界模糊，艺术的价值将大打折扣。

以我对中国书画界有限的了解，我认为其实已经出了大问题。人们一说到某某画家，最关心的就是他的画值多少钱。据说三流的画家一年可以营收达 1500 万元。以平均售价 2 万元左右计算，他一年可以卖出去 700 多幅。这个行当里还有更大的“老虎”，他们通过大量制造、复制垃圾作品去坑去骗，金额动辄亿计。有的画家甚至连笔都懒得动了，嫌流水作业太慢，而是自己到市场上去买自己的高仿画，然后回家署名，盖印，再卖。

你说这种人是艺术家还是商人？我看是连这两个名誉都被他玷污了。

艺术的生命在于鲜活的个性，而个性中最能体现个体差异的，从最基本的内核上来讲，便是思想与情感。思想与情感，又和艺术家认识社会与人性、感知生活与生命血肉相关。我们要问的是，像上面那种方式弄出来的作品，有画家一丝一毫的思想结晶吗？有画家一丝一毫的情感投入吗？

如果没有，它如何成其为艺术品？它又当如何不愧对高高在上的价格？

如果这种情况不改变，艺术品市场便很容易继续沦落为名利场和骗子与傻瓜的赌场。

其实，思想是人人都有的东西与能力，它的价值在于自由与个性。一个人的思想与是否进行过哲学思辨训练无必然关系，却和这个人的社会阅历与生活态度息息相关。情感也是人人都有的东西与能力，它的价值在于是否真实与丰沛。一个人的情感不是通过虚张声势、剑拔弩张的作秀作出来的，而是一种能够令他人感同身受、被感染、被触动、被征服的性情流露。

因此，我个人的艺术追求是——在独特思想指导下的有感而发，尽量寻找一条与社会、人性、他人沟通的简捷路径。既不故作高深，也不为赋新词强说愁。像我的小说选择口语化的表达一样，我希望我的绘画，达到与观众平行的高度，以便与他们平等地、没有极限地沟通与互动。它不应该有高高在上的“端装”与死板，而应该是亲和的、拉家常式的、令人莞尔一笑的，至于观众是否能够得到启迪与激励，则完全取决于他本人的审美层次、趣味、心境。

生存可以不要艺术，生活要。因此，艺术感知不是一个人安身立命不可或缺的能力，但是，要把握社会的复杂性和不确定性，要使自己的生命丰富多彩，灿若晨曦，我们每个人都需要好好呵护与培养也许是与生俱来的艺术创造能力与艺术感知能力。

考虑到我们的书画艺术市场已经被各种艺术领域的“地沟油”、“化学添加剂”伤害不轻，我决定采用画“话”的方式进入。或者更准确地说，不是进入而是存在。因为在我看来，一个懂得生命意义的人，艺术与生活是边界模糊的，既不能为了生活而艺术，也不能为了艺术而生活。它们是一个不能人为割裂的有机体，否则，到顶了，也就一匠人或商人。

写小说时，我把自己定位为讲故事的人。画画时，我把自己定位为讲段子的人。我没有资格教导、劝导、激励、开示他人，但我有一个把我要说的话，讲得绘声绘色的企图与梦想。当我有了一个思想的火花之后，我就想用最直接的、最通俗易懂的、最生动有趣的文字把它画出来。我的画或者说话，不仅指文字，还指来源于中国传统绘画的水墨语言，用我有限的技法手段，呈现整个语境与意境，而这一切手段都是服务于我的思想与情感的，以便于我和这个世界的沟通与交谈。

这是我为这本书取名《浮石绘·话》的原因，也是我为自己的画室取名“绘话堂”的原因。